W0375635

Une famille inquiète

Renan Luce

Une famille inquiète

Flammarion
Wagram Livres

© Flammarion, 2022.
© Wagram Livres, 2022.
ISBN : 978-2-0802-9511-8

À vous quatre, ma famille
que j'aime tendrement.

Les arguments de mon père roulent comme les perles d'une huître, trésors fabriqués secrètement et patiemment. Papa parle en médecin, profession qu'il a exercée durant quarante années. C'est beau, c'est précis, cela ne souffre pas la contradiction. Si je lève un sourcil, des sources sûres peuvent être brandies : *Journal of American Medical Association, The New England Journal of Medecine, Nature…* Mes sourcils restent donc sagement posés sur leurs arcades. Papa, devant un auditoire qui pourtant ne moufte pas, s'échauffe tout seul. Des index tapotent sèchement la table, des clous imaginaires s'y plantent du poing, l'air est brassé par l'éventail du savoir. Entendons-nous bien, mon père n'est en rien pédant. Mais quand il discourt, son esprit semble habité par une armée de contradicteurs. Tous les complotistes, les irrationnels, les avocats du diable ligués contre lui. Don Quichotte contre les moulins de la bêtise humaine. C'est assez attendrissant. On a beau partager son point de vue, il a le don de nous transformer en débatteurs de plateaux télé. Bien malgré moi, j'ai envie de formuler des « Vous n'avez pas le monopole du cœur » et des « Je vous demande de vous arrêter ». J'en souris intérieurement.

Nous voici donc à table dans l'appartement que j'occupe, à quelques rues de la maison qui fut la mienne. Nous voici, ma mère, ma sœur aînée et moi, écoutant mon père. Il est à peine vingt heures, nous avons fini de dîner et j'ai bu généreusement depuis la fin de l'après-midi. Bientôt, papa ira se coucher sur le canapé-lit de mon bureau. « Je vais regagner mes pénates », dira-t-il. Pour l'heure, dans le flot familier du discours paternel, je porte mon attention sur une sensation que je connais bien. Une sorte de raideur qui part du ventre et contamine les épaules, le cou, la mâchoire, les pommettes, le front. Soucieux. J'observe ma mère et ma sœur, silencieuses et résignées. Sans doute savent-elles qu'il faut simplement laisser parler mon père, il en va de l'équilibre de leur trio. Il faut dire ici que Claire, quarante-quatre ans, n'a jamais eu l'indépendance dont chacun peut un jour rêver. Elle vit avec mes parents à Perpignan.

Ce qui me chagrine, c'est que pour le dernier soir de leur visite à Paris, j'avais imaginé un moment simple et chaleureux, comme sur la couverture d'un catalogue d'ameublement, bien qu'une personne comme ma sœur n'y figure jamais. J'espérais aussi qu'au détour de quelques phrases anodines, des choses importantes seraient dites, que chacun accueillerait sans drame, sans contradiction, sans inquiétude excessive. De simples hochements de tête qui diraient : « Nous avons entendu. » J'espérais que nous pourrions nous dire comment nous allons.

Pour briser le sens unique de la conversation, j'essaie d'y inclure maman et Claire. Je me tourne vers elles, demande leur avis sur les paroles de mon père, ou pointe le menton dans leur direction pour leur signifier qu'elles sont avec nous et faire ruisseler sur elles le discours qui m'est adressé. Peine perdue. Dans ces situations, mon père c'est N'Golo Kanté. Le meilleur récupérateur des balles au bond que je lance maladroitement. Cela m'agace. Je m'étais promis, lorsqu'ils m'avaient annoncé leur venue, que nous nous quitterions avec la sensation qu'un peu de nos profondeurs avaient été remuées. Je pense au limon des cours d'eau de mon enfance. Ils brunissaient à chaque pas que j'y faisais, pieds nus. Trouvant appui sur une grosse pierre, je les regardais retrouver leur accueillante transparence.

J'avais envie de transparence.

C'est maintenant ou jamais. Papa parle de médecine, alors médecine ce sera. Je profite d'un silence dans son exposé : « C'est sûr, la santé c'est un peu la loterie. Et tu en sais quelque chose, toi, Claire. »

Silence. Pieds dans le plat, fleur au fusil.

Sautant dans la brèche ainsi ouverte, je parle d'une voix que j'espère douce et assurée. J'évoque les malformations de ma sœur à sa naissance, les multiples opérations du crâne, des mains, des pieds. Je lui demande ce qu'elle ressent de tout cela, comment elle se voit, elle. Je lui explique que je n'ai jamais bien su la décrire auprès de mes amis, que je ne peux prononcer le mot *handicapée* naturellement, comme s'il jetait un voile sur l'image vivide que j'ai d'elle. Je lui demande comment elle le perçoit, ce mot.

« Je ne l'aime pas trop non plus. »

Elle a dit cela de sa voix hésitante, enfantine. Sur le ton légèrement agacé qui précède généralement une fin de discussion, sans appel. Avec Claire, il faut avancer doucement. Elle déteste être sous le feu d'un interrogatoire. Alors je parle encore, en espérant que mes questions soient un peu les siennes. Mon père s'est tu. Il aura saisi l'importance de l'instant. Je sens ma mère, juste à côté de moi, comme figée. Je sais qu'elle est la louve qui regarde l'un de ses petits, le plus fragile, s'aventurer un peu plus loin que d'habitude.

Je poursuis : « Tu vois, Claire, je me dis que toi aussi tu dois t'en poser, des questions, non ? Tu dois parfois te demander quelle sera ta vie plus tard ? Peut-être t'imagines-tu avoir un jour ton propre appartement ? Est-ce quelque chose que tu aimerais ?

— Oui, j'aimerais bien ça.

— On peut y réfléchir ensemble, si tu veux. C'est bien qu'on puisse en parler. »

Je crois que je suis intérieurement silencieux. Pourtant c'est moi qui parle, mais j'écoute les mots qui sortent de ma bouche en essayant de ne pas interrompre ce flot dont la source remonte à loin. J'évoque l'autonomie de Claire, ce que je la vois capable de faire, ses limites aussi. Je parle du genre de travail qu'elle pourrait exercer, si elle en avait l'envie, du bus qu'il faudrait savoir prendre toute seule, du téléphone portable qu'il faudrait avoir le réflexe de décrocher pour nous prévenir au moindre problème.

« C'est le syndrome de Saethre-Chotzen, me dit papa.

— Pardon ?

— Tu disais tout à l'heure ne pas savoir expliquer ce qu'a ta sœur. Claire est née avec le syndrome de Saethre-Chotzen. »

J'attrape mon téléphone pour noter ce mot que j'aurai mis quarante et un ans à entendre. Je n'explique pas cela. Ou plutôt si : je n'avais jamais posé la question. Je m'étais contenté de l'évidence imposée par la vie et des quelques bribes saisies çà et là, depuis l'enfance : un accident génétique, des malformations, le crâne qui ne grandit pas assez, un retard psychomoteur. Plus tard, quand tout le monde sera couché, je passerai un long moment sur Google à reconnaître Claire dans les portraits qui apparaîtront, comme autant de nouveaux frères et sœurs qui m'avaient jusqu'alors manqué.

Papa s'est tourné vers Claire et lui parle, à présent. Avec une infinie douceur, il lui touche le haut de la tête. « Quand tu étais encore dans le ventre de maman, les sutures de la voûte de ton crâne, juste là, ont prématurément fusionné, ce qui a causé des malformations sur ton visage. » Il lui prend la main et la caresse lentement. « Tes mains étaient palmées et tu avais six doigts aux deux pieds. » De l'index et du majeur, il lui détaille calmement les opérations qu'elle a dû subir dans la petite enfance et l'image d'une bénédiction me vient.

Cet instant suspendu m'émeut beaucoup. Le ton de papa n'a plus rien de professoral. C'est celui d'un père soufflant sur l'écorchure de son enfant. Claire écoute avec attention et finit par poser la tête sur son épaule. Mon père me parle du gène TWIST1, du chromosome 7p21 et ces précisions abstraites n'ont, cette fois-ci, rien de superflu. L'infiniment petit et l'infiniment grand sont semblables et je vois alors des galaxies s'imbriquer facétieusement pour m'offrir une sœur.

Je m'adresse maintenant à Claire. J'aimerais prendre un peu de ses douleurs intérieures. J'aimerais qu'elle nous parle du sentiment d'injustice, des portes qui lui sont fermées, du regard des autres, des amoureux qu'elle n'a pas eus, de ses deux frères trop distants. Je ne sais pas si je trouve les bons mots : « Oh Claire, je pense à toi, tu sais. Tu as le droit de nous dire que tu trouves cela dur. On est là pour toi. »

Les sanglots de ma sœur me déchirent le cœur. Est-ce la compassion que j'exprime ou les blessures cadenassées en elle qui font résonner cette plainte dans le salon ? Ce sont des pleurs désemparés, vibrants. Maman s'est instantanément levée. Elle fait le tour de la table, passe derrière Claire, se penche et l'entoure de ses bras. Elle lui caresse le visage et lui embrasse tendrement les joues, épongeant les larmes de ses lèvres. Elle répète : « Oh Claire, oh Claire » et prononce alors cette phrase à laquelle je repenserai très souvent :

« Parfois je me dis qu'il faut que je te demande pardon. »

Je regarde papa qui, tête baissée, pleure par les narines, bouche tremblante et fermée. Il ne pourra retenir un sanglot guttural et profond. Maman, gardant un bras autour du cou de Claire, l'accueille dans leur étreinte. Les yeux remplis de larmes, je me lève à mon tour pour les rejoindre. J'essaie d'entourer de mes bras ces trois corps qui, ainsi assemblés, s'apaisent peu à peu. Étrangement, malgré ma profonde émotion, je me sens importun à leur contact. Ma peine n'est pas la leur. D'autres forces, d'autres tiraillements, plus viscéraux, plus animaux peut-être, gravitent autour de leur trio. Aucune main ne vient me toucher la joue, aucun bras ne m'enlace. Je sais que le chemin qu'ils ont parcouru ensemble fut plus abrupt que le mien. Ils sont de la même cordée.

Plus tard, alors que mon père s'est couché et que ma sœur regarde un feuilleton, je reste un peu avec ma mère dans la cuisine de mon appartement de papa séparé, rangée par ses soins. Je m'excuse auprès d'elle, à mi-voix :

« J'espère que tu ne m'en veux pas de parler de tout ça…

— Au contraire, c'est bien, mon fils. »

Alors, peut-être puis-je écrire ce livre.

Nous n'avons pas à rougir de notre comptabilité familiale. Nous nous réunissons plusieurs fois par an, nos appels téléphoniques sont réguliers, les anniversaires sont fêtés dignement, nous sommes au courant de ce que chacun traverse. Je sais qu'un Velux à Perpignan laisse s'infiltrer un peu d'eau et qu'il faudra le changer. Je sais qu'Adrien, mon neveu et filleul, a donné son spectacle de claquettes, je l'ai vu en vidéo, adorable et sérieux, exécuter son petit *hop shuffle step*. Je sais qu'au lotissement de mes parents, le chien de la voisine est mort. Claire est triste parce qu'elle le sortait tous les jours avec Sylviane, l'une des rares adultes qui lui parle en amie.

Dans ma bibliothèque, je garde précieusement un album photo. Compilé par maman pour mes vingt ans, annoté avec soin, classé à la fois chronologiquement et thématiquement, je l'ai tellement feuilleté que la plupart des pages perforées sortent des arceaux en métal. Il faudrait que je le répare et le classe à nouveau.

C'est un cadeau généreux, je l'aime beaucoup. Je sais le temps que maman a dû passer pour qu'il me ressemble. Elle est comme ça, ma mère. Elle offre de son temps. C'est sa manière de nous faire savoir que nous l'accompagnons dans ses journées loin de nous. Ses cadeaux sont cousus, sculptés, découpés ou décorés par ses soins. Elle s'y prend des semaines ou des mois à l'avance. Le résultat n'est pas toujours parfait, les vêtements rarement portés, les sculptures exposées discrètement, les cadres fixés aux murs des couloirs sombres, mais je sais en apprécier l'affectueuse symbolique. Comme moi, ma fille a appris à trouver quelques formules de remerciement chaleureuses quand elle reçoit une robe entièrement cousue de cravates recyclées. « Oh merci mamie, c'est parfait pour la Bretagne ! »

L'album photo de mes vingt ans a figé ma jeunesse sous un vernis doux et rassurant, dans des Noëls, raie sur le côté et pulls tricotés main, des anniversaires, hilares devant une bougie magique qui se rallume sans fin, des lèvres pleines de chocolat ou de maquillage de carnaval, des vacances en bord de mer. Des petits mots, écrits par mes parents, mon frère et ma sœur, referment les pages qui leur sont consacrées. Papa est fier du bonheur que je donne si généreusement ; maman espère avoir su m'aimer comme je le mérite ; mon frère Damien a le cœur gros à force d'avoir grandi et l'âme lourde de notre enfance commune ; Claire promet que nous ne passerons que de bons moments jusqu'à la fin de notre vie. Une enveloppe est collée sur la dernière page. Elle contenait un chèque, peut-être de cinq cents francs.

Nous sommes restés une jolie famille discrète. Un brin ennuyeuse. Pas d'effusions chez nous, nous ne parlons pas plus haut que nécessaire, les repas ne sont pas interminables ni animés. Nous sommes restés cinq silhouettes qui arpentons les chemins côtiers, silencieux et pensifs. Cinq êtres soucieux les uns des autres, qui se connaissent par cœur et ne se comprennent que partiellement. Nous ne nous prenons plus dans les bras pour nous dire au revoir, ne nous disons plus « je t'aime » mais pouvons l'écrire.

Comme Claire en avait formulé le vœu, nous passons encore de bons moments tous ensemble, en pointillés, lorsque mes parents et ma sœur viennent chez moi à Paris ou en Bretagne, ou lorsque nous allons passer quelques jours de vacances, ma fille et moi, à Perpignan. Nous tentons alors de revivre un quotidien sans surprise, bonheurs simples et ennui latent, comme si nous vivions encore sous le même toit. C'est à la fois rassurant et angoissant.

Avec le temps, j'ai appris à discrètement et poliment raccourcir ces visites. Je fais maintenant partie de ces gens qui peuvent déclarer « Moi, mes parents, c'est quatre jours maximum, après je sature ». Quelque chose en moi le regrette et en cherche la raison. J'invoque en général des rythmes de vie différents et des petits agacements que je sens poindre au fil des jours.

Accepter cela ne m'est pas naturel, estimant taboue et ingrate ma réticence à côtoyer ma famille trop longtemps. Il est vrai que mes parents expriment souvent leur regret de ne pas nous voir davantage. C'est généralement papa qui se charge de le faire savoir et j'y entends la supplique d'un mari cherchant à atténuer la mélancolie de son épouse, qui souffre de l'absence de ses deux garçons et de ses petits-enfants. Peut-être me fais-je des idées, mais je crains que mes parents s'ennuient et estime abstraitement que notre éloignement en est la cause.

Tout comme mon frère, je suis parti de la maison à dix-sept ans, curieux de la vie et sans regarder en arrière. Peu de temps après, mes parents et ma sœur ont quitté la Bretagne de mon enfance pour Perpignan. Notre nid n'avait plus lieu d'être, sans doute. J'ai aussi l'intuition que mes parents ont préféré s'éloigner d'un lieu où les douleurs ne furent pas absentes, vécues dans le silence d'un couple qui a toujours voulu épargner ses enfants.

Quand je leur rends visite, leur nouveau cadre de vie me pèse un peu. Le lotissement impersonnel, la maison plongée dans l'obscurité dès qu'il fait chaud, la pelouse synthétique dans leur minuscule carré de jardin, leurs habitudes immuables, tout cela me fait parfois compter les jours jusqu'à mon départ et je m'en veux.

Damien et moi vivons tous deux à Paris, sommes l'un et l'autre séparés et avons chacun un enfant. Nous traversons rarement la capitale pour nous retrouver mais nous appelons régulièrement, parfois pendant une heure si le sujet le mérite, parfois pour quelques phrases laconiques. Nous ne nous disputons jamais, ne nous offusquons pas si l'un ou l'autre ne donne pas de nouvelles et sommes reconnaissants de l'amour réciproque que nous savons parfois encore exprimer. J'admire mon frère pour son érudition, sa grande force de travail et son talent, qu'il a su étendre avec cœur et abnégation. Pianiste, compositeur, romancier, comédien, metteur en scène, ces multiples casquettes sont pour lui des chapeaux haut-de-forme tant ces métiers relèvent pour lui du sacré. Ceux qui le voient se démener dans ses multiples projets peuvent le croire à la tête d'une usine à gaz, mais pour lui, tout cela n'est qu'engrenages de la même machine à vapeur, actionnée par son extraordinaire poumon d'artiste.

Damien s'essouffle souvent, cependant. Solitaire, très dur envers lui-même, meurtri par ce qu'il estime avoir raté, il supporte tant bien que mal le poids d'une longue dépression qu'il estime inguérissable. Une méfiance à son égard s'est logée en moi, une incompréhension de ce qui le meut, qui vient parfois ternir la pureté de mon amour fraternel.

Damien a pourtant de grandes qualités humaines qu'il sait offrir à ceux qui en ont besoin. J'aime l'écouter adoucir les pans de ma vie quand je partage avec lui les recoins sombres de mon existence. J'y trouve sa vision de la vie inspirante et me demande pourquoi il ne se l'impose pas à lui-même.

Claire et moi parlons très rarement au téléphone. Elle ne semble pas tellement aimer cela. Après quelques phrases hésitantes, je la sens intimidée par la conversation. « Bon, je te passe maman. » Ce léger malaise me contamine et je ne cherche pas à prolonger notre court dialogue. En revanche, elle écrit de nombreux messages qui se terminent invariablement par « Claire Tati et ta sœur qui vous aime tendrement ». Elle m'y annonce avoir attrapé un rhume ou m'informe de sa séance de sport du matin. Dans une démarche très enfantine, elle rédige encore des listes de cadeaux pour Noël et ses anniversaires. Je les reçois en double ou en triple, tant que je ne lui ai pas confirmé que j'en ai bien pris note. Elle partage presque quotidiennement la musique qu'elle écoute et je reçois des dizaines de messages sur mon téléphone, de simples liens pour écouter une chanson de Demis Roussos, de Bonnie Tyler ou de Mariah Carey. Ces messages sont tellement nombreux que je n'y réponds que rarement.

Claire est taiseuse, mais lorsqu'elle se sent en confiance, entourée d'âmes bienveillantes et détendues, elle sait être rieuse et taquine. Quand nous passons plusieurs jours ensemble, il m'arrive de me dire, au moment de se quitter, que nous n'avons presque pas parlé et je constate amèrement que notre relation ne coule pas de source. Elle ne travaille pas, bien qu'elle ait obtenu un CAP vente, et ses journées sont rythmées par ses séances de sport, la lecture de romans et de bandes dessinées d'aventure, les chansons de variété qu'elle écoute, les résultats sportifs qu'elle suit assidûment et les feuilletons télévisés qu'elle ne rate jamais.

L'aimant de notre famille fonctionne toujours, j'en ressens la force d'attraction, tout à la fois complexe et innée, douce et tourmentée, essentielle et encombrante. Comme dans toutes les familles, j'imagine.

Cependant, quelque chose me pèse. Je nous sens aujourd'hui tristes collectivement, inquiets les uns pour les autres. C'est une vibration silencieuse dont l'onde se propage douloureusement et gravite autour de nous, passe des uns aux autres, se nourrit des efforts que nous faisons pour nous en préserver, par peur de l'amplifier.

Pourtant cette inquiétude, c'est aussi nous. Ne mérite-t-elle pas notre considération ? Il y a quelque part, en miroir de l'album photo de mes vingt ans, un album fantôme, les clichés ombrageux de notre famille, rassemblés par une maman secrète et silencieuse. Que nous dirions nous si nous le feuilletions ensemble ?

Je pense à ces toiles d'araignée, inquiétantes quand on les devine à peine, et qui se révèlent à nous, belles et brillantes, les jours de pluie.

J'aimerais faire honneur à nos jours de pluie.

Il me faut déplier mes souvenirs. Les étirer comme le ferait un chat après une sieste au soleil. Démêler les scènes imbriquées, les lieux sans cadastre, les temps superposés. Marcher à nouveau sur cette petite route souillée de bouses de vache. Avancer vers la ferme des Pape, dont les odeurs m'incommodent, les chiens me font peur et les enfants, bien plus âgés que moi, m'impressionnent. Goguenards, ils nous menacent parfois, mon frère et moi, de nous suspendre par les pieds au-dessus de la fosse à purin. Il me faut monter à nouveau à l'avant de l'une de leurs motos de cross. Leurs T-shirts arborent des logos de marques de tracteurs ou d'engrais et ils en retroussent les manches sur leurs épaules. Je m'agrippe au milieu du guidon et nous dévalons la pente jusqu'à la maison, dans un bruit d'enfer.

Les câbles qu'ils ont bidouillés m'électrocutent, je n'en dis rien et descends, les jambes en coton.

Il me faut pousser la grille de l'ancienne école, presque collée à notre maison. Sentir le métal rouillé qui teint les mains en orange, entendre le court son de flûte qu'elle émet. Là, sur deux côtés du rectangle de la cour, sont alignés de majestueux épicéas. L'école a fermé il y a quelques années par manque d'élèves, et cette cour, au béton mangé par les mauvaises herbes, est devenue une annexe de notre jardin. Je grimpe à l'un des conifères. J'en connais toutes les branches d'appui et les endroits où il faut enlacer le tronc, tendre une jambe en aveugle et passer de l'autre côté pour poursuivre son ascension. Tout en haut, l'arbre offre un nid de branches fines sur lequel on peut s'asseoir. Ma tête dépasse alors de la cime et, le corps soumis au balancement de l'arbre, seigneur en mon domaine, mon regard se porte au loin.

La mémoire en altitude, je revois Quélern, notre lieu-dit. Ce virage de route départementale au bord de laquelle nous vivons et qui relie Plourin-lès-Morlaix à rien. C'est-à-dire que d'un côté elle mène au bourg, à quatre kilomètres d'ici, où je vais désormais à l'école ; de l'autre, elle s'enfonce dans le Finistère profond, les landes du Cragou, puis les monts d'Arrée. En face de l'école, de l'autre côté de la route, il y a une vieille forge d'où résonnent parfois des bruits d'enclume. Le bâtiment semble hasardeusement assemblé de tôles fatiguées. Le forgeron n'aura pas jugé opportun d'user de ses talents sur son propre lieu de travail. Je n'y mettrai jamais les pieds.

J'entends déraper des roues arrière de vélos, des éclats de rire et le timbre de la grille de l'école. « Mince, les gars du *lotissement.* »

À quatre cents mètres d'ici, après avoir passé la ferme, il y a *le lotissement.* Dans ma famille, nous prononçons toujours ce mot en italique, lourd de sous-entendus. Dans notre esprit, ces douze maisons ont suffi à donner à cette partie de Quélern des allures de Compton. Il me semble qu'un univers me sépare de ces enfants dont les parents travaillent aux abattoirs Tilly ou à la Manufacture des tabacs. Nous ne les fréquentons pas mais les apercevons passer en meute à vélo, et plus tard à mobylette, ou les surprenons à fumer dans le préau de l'école. Je les trouve libres et dangereux. L'un d'eux s'appelle Mickaël. Je donnerais ma couverture-doudou orange pour porter ce prénom.

« Renan, à table ! » Maman crie depuis la porte de la maison donnant sur le jardin. J'entends en écho une douteuse imitation de la voix de ma mère, suivie de rires. « À table, le petit bourge. » Coincé à la cime de mon arbre, je tergiverse. Impossible de descendre maintenant. Je pense à *Copain des bois*, ce livre qui regorge d'astuces pour apprentis trappeurs. Je n'ai pas le souvenir que les feuilles d'épicéa soient comestibles. La faim et la honte que me causerait un nouvel appel de ma mère me forcent cependant à descendre. Je passe devant le préau, dans l'odeur de tabac.

« Salut.

— Salut. »

Quand même, Mickaël, ce prénom…

J'entre dans notre maison par le garage. Je contourne la Citroën LNA, paye mes respects à mon précieux vélo et pénètre dans le sous-sol. La maison est construite sur une pente, le premier étage devient rez-de-chaussée et le rez-de-chaussée sous-sol. C'est ce terme que nous employons toujours. Ici, ma mémoire se brouille un peu. Je crois que j'entre par une première petite pièce froide où j'ai peu de souvenirs.

Cette pièce débouche sur un couloir sombre qui mène à l'escalier. Je m'arrête à la buanderie, juste avant. Dans l'odeur de lessive, un grand panier accueille une portée de chatons agglutinés à Fanny, notre chatte rousse et blanche. Je m'agenouille et plonge la tête dans cet amas de vie. Me fondre en eux, en humer l'odeur âcre, sentir les tressaillements inquiets de ces êtres aux yeux encore collés, éveille en moi un chamboulement organique qui me fait serrer les dents. Ils rendent tangible ma condition de vivant, c'en est vertigineux.

J'entends des pas dans l'escalier. Mon frère me rejoint. « Ils ont ouvert les yeux ? » demande Damien, par dix-huit mois mon aîné et quinze le cadet de Claire. Nous restons là quelques minutes à observer les tâtonnements cocasses des chatons qui s'escaladent mutuellement pour trouver une mamelle disponible. À cette époque, nous sommes encore l'un pour l'autre un miroir pour nos âmes, deux autres chatons dans un panier. La veille encore, dans le noir épais de nos chambres mitoyennes, résonnait ce petit dialogue :

« Tu dors ?

— Nan…

— Tu viens dans mon lit ? »

À l'aide d'une aiguille à tricoter, nous avions percé le fin mur en Placoplatre qui nous sépare. À l'origine, nous voulions y installer le téléphone. Une ficelle de boucher reliée à deux pots de yaourts. L'entreprise fut un échec, mais cette tentative d'avancée technologique était quoi qu'il en soit superflue.

Je me glissais dans son lit. J'aimais l'odeur de mon frère et la chaleur sous sa couette. Chacun à notre tour, du bout du doigt, nous nous dessinions sur le dos des formes ou des mots à deviner. Quand l'un d'entre nous peinait à trouver la réponse, nous effacions le dessin du plat de la main, pour recommencer.

« Attends, tu ne vois pas ce que c'est ? Là, je fais quoi ?

— Un rond ?

— Oui et là ?

— Plein d'autres ronds ?

— Voilà. Et ça, c'est quoi ?

— Un trait.

— Donc ?

— …

— Attends, je refais. Un rond… Plein de petits ronds… Un trait…

— Une fleur !

— Oui ! À toi maintenant. »

Ensuite, nous jouions à gratter le matelas pour reproduire le rythme de mélodies connues.

« Elle a fait un bébé toute seule ?

— Oui ! »

Une fois que nous serons endormis, maman viendra sur la pointe des pieds, me soulèvera délicatement pour me déposer dans mon lit.

Un nouvel appel de notre mère nous fait bondir dans l'escalier, avec cet empressement désordonné qu'ont les enfants. Damien remporte sûrement la course et nous arrivons dans la cuisine où la table est mise et Claire déjà installée. Nous sommes samedi, papa ne va pas tarder à rentrer de sa matinée au cabinet et nous patientons en tapant des rythmes sur le bord de la table. Depuis quelque temps, ce réflexe est devenu manie et un tintamarre joyeux accompagne nos allées et venues. Il n'est pas rare que le libraire de Morlaix nous enguirlande quand nous utilisons les piles de livres comme des fûts de batterie. De nos deux index ou du plat de nos mains jaillissent des descentes de toms, des rifs aux syncopes complexes et des roulements endiablés. Le tout fortement influencé par le jeu de batterie caractéristique de cette fin des années quatre-vingt.

À table, maman apporte un plat de pâtes et de steak haché. Il n'en faut pas plus pour mettre Claire d'humeur guillerette. Elle s'écrie : « Hihi, je suis contente, mamaing' ! », d'une voix aiguë, en recouvrant son assiette d'une montagne de gruyère râpé. Nous connaissons bien cette exclamation accompagnée d'un faux accent du Sud, hérité de nos vacances passées aux Salins d'Hyères ou à Perpignan. C'est sa manière de prendre maman à témoin quand elle vit un petit bonheur simple. Claire irradie d'une joie égale pour une portion de frites ou pour un compliment qu'on lui adresse, si maman l'a pomponnée – coiffure, maquillage et jolie robe – à l'occasion d'une sortie.

À cette époque, tout en elle vibre d'un appétit pour la vie. Elle est le vent quand elle court, le poisson quand elle nage, le cormoran quand elle plonge d'un rocher. Enfermée dans sa chambre, elle parle seule des heures entières, interprétant tous les personnages d'une aventure rocambolesque. Elle semble particulièrement apprécier jouer les méchants et, en passant devant sa porte, j'entends de longues tirades menaçantes.

Claire mesure une tête de plus que Damien et moi et nous fait valdinguer sur les lits. Elle dit « crotte de biquette » quand, n'ayant pas mesuré sa force, nous nous cognons en riant. Nous en redemandons.

Ici, dans le confort de notre maison, la différence de Claire n'est qu'une excentricité qui s'accorde parfaitement à la nôtre. Nous sommes, je crois, trois enfants heureux, inconditionnellement.

Nous découvrons la nature en cercles concentriques de plus en plus grands, autour de maman. Il y a d'abord le jardin où, dans leur clapier, tremblent des lapins inquiets. Les guêpes qui sont dangereuses, les oiseaux qui sont libres et rieurs. Le bout du jardin, d'où part une petite route vers l'ailleurs. La route qui mène à la ferme, où nous pouvons un jour aller seuls, Claire, Damien et moi, nous partageant le poids d'un pot à lait en métal blanc. Les vaches alignées qui nous regardent de leurs grands yeux exorbités, leurs mamelles gonflées de lait et raccordées à des tuyaux suceurs. Les pièces que nous tendons à Mme Pape. Les « pommes de terre de pleine terre » qu'elle nous donne à l'intention de maman, en cadeau. A-t-on bien dit merci ? Il y a les talus et fossés du bord de la route, qui sont nos premiers territoires conquis seuls. La feuille d'arbre qu'on y dépose et qu'on regarde glisser sur l'eau quand il a plu. En la suivant, nous irons peut-être un peu plus loin que d'habitude. Il y a ce qu'on ne doit pas toucher, la chenille urticante, le champignon inconnu, l'ortie ou le fil électrique ; ce que la nature nous offre, les mûres, châtaignes et noisettes. Il y a les cailloux, de toutes formes et de toutes matières, qui renferment en eux l'histoire du monde. Il y a les arbres qui nous cachent ou nous envoient au ciel. Il y a les champs et le maïs que l'on mange cru. Et puis un jour, en avançant le nez au sol, de caillou en caillou, de coccinelle en coléoptère, de mûre acide en mûre sucrée, de bout de bois qui fait épée en haute herbe qui fait sucre d'orge, nous voilà plus loin que la voix de maman ne peut porter. La nature est alors tout autour et c'est grand.

Je me sens libre et en même temps solidement harnaché dans l'amour exigeant de maman.

En fin d'après-midi, elle rassemble ses troupes. Nous arrivons crottés de nos aventures à l'extérieur, de la paille dans les cheveux, épuisés par un assaut imaginaire contre les gars du *lotissement.* Maman distribue directives et caresses d'un seul et même geste. Nos vêtements sales disparaissent et réapparaîtront dans nos placards, bien pliés, chargés d'une agréable odeur de lessive. Les bains sont donnés, des pyjamas propres enfilés, les cheveux des garçons coiffés d'une raie bien plaquée sur le côté, une goutte d'eau de Cologne appliquée derrière chaque oreille. Parfois, elle nous débarbouille avec un vaporisateur d'eau Aven et des mouchoirs en papier. Pour nous faire rire, une fois elle-même aspergée, elle en plaque un sur son visage, fait des trous pour les yeux et la bouche et, ainsi blanche et ridée, s'approche de nous en faisant « Bouh ! »

Le dîner est miraculeusement prêt et, une fois terminé, alors que papa regarde les informations du soir, nous rejouons cette blague que maman aime beaucoup parce que son père la lui racontait déjà :

« Qu'est-ce qu'on fait maintenant, maman ?

— Les enfants, surprise, ce soir nous allons au Lion d'or !

— Ouais, génial ! Mais c'est quoi le Lion d'or ?

— C'est le lit on dort ! »

Nous feignons la déception mais savons qu'il est inutile de négocier parce que « le sommeil c'est important ». Des *buenas noches, mi amor* sont chantés dans chaque chambre, accompagnés de gloussements si la berceuse se termine par des chatouillis. Je suis un peu jaloux en entendant Damien et maman se dire des mots d'amour à voix basse. « Tu préfères qui ? » demande mon frère et j'entends maman lui répondre « Toi ». À mon tour, je lui pose la même question à laquelle elle donne la même réponse, avec la même sincérité.

L'amour de maman s'accompagne d'une rigueur implacable. La télévision nous est généralement interdite, ce qui nous frustre beaucoup. Lorsqu'elle nous laisse seuls le temps d'une course, nous nous ruons devant l'écran en guettant d'une oreille son retour. Le plan est bien rodé. Quand nous sentons les vibrations de la voiture entrant dans le garage, nous l'exécutons sur la pointe des pieds pour que notre évasion reste discrète : j'éteins la télévision, Claire tapote sur le canapé pour effacer les traces de nos séants et Damien va chercher à la cuisine une éponge humidifiée d'eau froide. Nous la passons à l'arrière de l'imposant cube pour le refroidir. Cela ne suffit pas. Dès son retour, maman passe la main derrière le téléviseur, en ressent l'intolérable chaleur et nous fait la leçon.

Le relatif carcan dans lequel maman nous maintient est largement compensé par sa volonté d'élever nos âmes. Excités comme des puces, habillés et coiffés soigneusement, nous sommes souvent de sortie au théâtre de Morlaix, au Quartz de Brest ou sur les scènes des festivals d'été. Nous y applaudissons Claude Nougaro, Charles Trenet, Raymond Devos ou Michel Petrucciani, les pièces de Deschamps et Makeïeff, Beckett ou Giraudoux. Au retour, nous rabattons la banquette arrière de la voiture et nous endormons, Claire, Damien et moi, repus.

Toujours disponible, maman nous conduit au tennis, au basket, à la voile, au conservatoire. Elle conduit vite, ce qui me permet de faire agréablement glisser ma main sur l'air, la vitre ouverte. Un jour, à un feu rouge, un homme que ma mère vient de doubler lui indique par gestes qu'elle zigzague en roulant. Vexée qu'on se mêle ainsi de sa conduite, ma mère, faisant devant son nez des mouvements de guidon de moto, lui fait comprendre que « Oui oui, c'est normal je suis complètement saoule ». Calmement, l'homme plaque sa carte de police contre sa vitre et je vois maman baisser la tête, rouge de honte.

La vie de maman avant nous me semble mystérieuse et, dans mon esprit, tient de la légende. Elle est *pied-noir*, ce qui pour moi sonne comme un nom d'Indien. J'apprends des bribes de son histoire quand, alors que nous sommes en vacances à Perpignan, nous passons devant Port-Vendres. « C'est là que j'ai débarqué avec mon petit frère Philippe. J'avais quinze ans. » Elle parle très peu de son enfance à Oran. Parfois, elle évoque le prénom d'un cousin qui « le pauvre a disparu ». Quand nous manquons de gratitude, elle nous rappelle qu'elle dormait dans la cuisine, dans un lit simple qu'elle partageait avec l'un de ses frères. Nous entendons des histoires de pot de chambre qu'il fallait aller vider dehors, ce qui l'embarrassait terriblement ; des histoires de jours de lessive où les femmes se retrouvaient au bassin. Maman évoque aussi qu'après l'indépendance, la famille enfin réunie à Pézenas, elle partait faire les vendanges avec son père. L'argent gagné tombait à pic pour les achats de la rentrée des classes. Antoine, ce grand-père que je n'ai pas connu, est mort peu après. Je sais qu'il était pompier, qu'il jouait de l'harmonica et qu'il disait : « Votre héritage ne sera pas une maison ou autre chose, mais ce que vous apprendrez dans les livres. »

La légende de maman, c'est aussi sa 2CV, dont papa parle souvent quand il évoque leur rencontre. Au décès de son père, sa famille plongée dans une situation financière précaire, maman obtient un poste de maîtresse d'internat puis de remplaçante dans une école primaire en région parisienne. La voilà multipliant les allers-retours entre Saint-Michel-sur-Orge et Pézenas, pied au plancher, dans sa 2CV. C'est à cette époque que mes parents se rencontrent et mon père ne manque jamais une occasion d'évoquer la fière liberté qu'elle affichait et son style de conduite : « Elle roulait comme une folle ! » nous dit-il.

Cette liberté, cette jeunesse, je les vois incarnées dans une photo de maman, rangée au sous-sol de la maison. Développée en grand format noir et blanc, c'est un nu. Maman est agenouillée sur un lit. Elle regarde fièrement l'objectif et affiche un léger sourire. Ses cheveux très longs, noir de jais, cachent ses seins. Dois-je préciser que je la trouve très belle ?

À présent, il m'arrive de tenir maman par le bras quand nous marchons en bord de mer. Son équilibre n'est plus très bon et elle appréhende les chemins accidentés. Nous sommes l'un et l'autre intimidés par ce geste dont nous n'avons pas vu arriver la nécessité, et j'ai du mal à m'abandonner à la tendresse de l'instant. Elle aussi semble-t-il. Je la sens peinée, toute à son appréhension du pas suivant. Je m'excuse auprès d'elle, j'aurais dû choisir un autre sentier, moins escarpé, mais je voulais qu'on aille jusqu'à la pointe.

Nous sommes de ceux qui allons voir la vue. Les caps, les falaises, les phares et les remparts, les cales et les jetées, les buttes et les collines, nous avons pris l'habitude de nous élever sur le moindre promontoire. Nous sommes une famille de petite taille, peut-être en est-ce la raison. J'en suis aujourd'hui le spécimen qui, verticalement, s'étend le plus, c'est dire.

Pour me permettre de crapahuter devant avec ma fille, papa a pris à son tour maman par le bras. Je l'entends parlementer pour l'encourager à aller plus loin, mais elle préfère faire demi-tour. Ils nous attendront à la voiture. Avec mélancolie, j'accueille ce petit signe des temps qui changent et dis à ma fille : « Eh oui, mamie n'est plus toute jeune. »

Maman est devenue silencieuse. C'est un sentiment vague qui me préoccupe depuis quelque temps. Je le remarque dans nos courtes conversations téléphoniques, où nous peinons à exprimer autre chose que le petit quotidien, ou dans le temps infini qu'elle passe à ranger la cuisine quand nous avons fini de dîner au lieu de venir s'asseoir au salon pour parler avec nous. Il faut lui répéter plusieurs fois « Mais maman, arrête un peu, viens ! »

Apprendre à se soucier de sa mère prend du temps. C'est peut-être contre nature. Claire semble y parvenir aisément. Elle lui demande chaque matin si elle a bien pris ses médicaments et lui retrouve son semainier quand elle l'a égaré.

Maman et Claire. Éternel duo dans lequel l'amour est tellement palpable. Si inquiétude il y a, c'est dans le silence de maman qu'on l'entend. Un pacte semble avoir été scellé entre elles, dans la petite enfance de Claire.

Maman a quitté l'enseignement en 1987, à la fin de mon année de cours préparatoire. « Femme au foyer », écrirai-je désormais sur la feuille de renseignement des rentrées des classes. Elle fut ma première maîtresse en maternelle lorsque notre école voisine accueillait encore une vingtaine d'élèves. Mais plusieurs événements ont définitivement fâché ma mère avec ce métier pour lequel elle me semblait pourtant être la meilleure du monde.

Cela a sans doute commencé à l'école de Quélern, au début de l'année scolaire 1980. Nous venons de quitter Paris pour ce coin de Bretagne, j'ai quelques mois et maman n'a pas encore repris le travail. La cloche a sonné et les enfants sortent comme des volées de moineaux. Maman retrouve Claire et Damien qui y sont tous deux en maternelle. En discutant avec les autres mères, elle entend : « Vous avez vu les jolis petits cahiers que les enfants ont eus ? » N'en ayant pas trouvé dans les affaires de Claire, maman lui fait remarquer qu'elle a dû l'oublier en classe. « Je n'en ai pas eu », répond-elle. Doutant de l'exactitude de cette réponse, maman s'adresse à la maîtresse qui lui confirme : « C'est vrai, je ne lui en ai pas donné… Cela ne servirait pas à grand-chose. » Soufflée, ma mère s'agrippe à sa froide répartie : « Quand on apprend la guitare, ne faut-il pas en avoir une entre les mains ? » Une autre institutrice, plus bienveillante, conseillera à maman d'apprendre à Claire l'écriture détachée et très vite elle saura écrire son prénom, malgré la maladresse que ses opérations aux mains lui ont laissée.

À la rentrée suivante, lassée des remarques incessantes au sujet de Claire, maman profite de son nouveau poste de remplaçante dans une école des faubourgs de Morlaix pour y inscrire ses enfants. Nous reviendrons à l'école de Quélern un an plus tard, lorsque l'institutrice indélicate sera partie et que maman prendra sa place. Nous sommes alors tous les trois dans la classe unique de ma mère, allant de la maternelle au CP. Nous y passons deux années jusqu'à sa fermeture.

J'entends encore son pas lent et rassurant, lorsqu'elle slalomait entre les lits pliants installés dans la classe à l'heure de la sieste.

À cette époque, Claire subit régulièrement de lourdes opérations chirurgicales à Paris. Réparatrices de ses malformations pour la plupart, elles concernent aussi la boîte crânienne, pour lui permettre de se développer normalement. En cours d'année, pour l'une de ces interventions, Damien et moi sommes envoyés chez mon parrain dans le Var. De retour à Quélern, nous sommes impatients de retrouver nos camarades et maman nous laisse tous les trois traverser la petite route pour nous rendre à l'école. Ce n'est pas l'heure de la récréation, comme nous l'avions espéré, et nous frappons à la porte de la classe. Nous pensions y entrer sous les acclamations des élèves, notre étonnement est grand lorsque la classe entière éclate de rire en découvrant le crâne rasé de Claire. Nous rentrons à la maison, déçus et gênés.

L'année suivante, l'école de Quélern fermée, nous allons tous à celle du Poan Ben, en centre-ville de Morlaix, où maman s'occupe alors d'une classe d'élèves en difficulté. *Inadaptés* en était le terme officiel. Nous la rejoignons en fin de journée et l'aidons à effacer le tableau ou ranger le matériel éducatif. Je me souviens d'un robot dont on pouvait programmer les déplacements : avance de trois, à gauche de quatre...

À l'école du Poan Ben, Claire, ou plutôt maman et Claire s'accrochent. Mes parents, observateurs attentifs des progrès de ma sœur, sont persuadés qu'elle peut suivre l'enseignement classique d'un CE1. Pour l'y aider, chaque soir dans la chambre de ma sœur, se tisse entre elle et maman un lien fait d'efforts, de confiance, d'encouragements mais aussi sans doute d'inquiétude et de frustration. Très souvent, j'entends depuis ma chambre où je joue après avoir fini seul mes devoirs depuis longtemps les cris et pleurs de Claire sous les injonctions de ma mère. Puis le silence. Enfin, un calme dialogue s'installe à nouveau et les petits obstacles sont franchis, patiemment : les parts de gâteaux sont réparties équitablement, le *un* tire des wagons de *zéros*, les jouets prennent un *s*, les joujoux un *x* et la campagne blanchit dès l'aube.

Mais pour l'école du Poan Ben, cela ne suffit pas. Un climat de violence sourde s'installe autour de maman, toujours au sujet de Claire. Elle apprend à ne plus s'en défendre, sans doute est-ce moins coûteux. Elle est l'institutrice des enfants inadaptés et sa fille vient perturber la pédagogie séculaire des classes traditionnelles. Le coup de grâce est porté sans ménagement, devant tous les enseignants autour du café de la récréation. Claire est alors en CE2 et sa maîtresse décrète qu'un redoublement ne servirait à rien. L'enseignante de CM1 surenchérit alors : « Si Mme Guéna n'en veut pas, je ne vois pas pourquoi j'accepterais ! » Autour, personne ne bronche et maman comprend que Claire n'est pas l'affaire de tous, seulement la sienne désormais. Aucun dialogue n'est proposé, aucune porte laissée entrouverte. Mes parents prennent rendez-vous auprès du directeur d'académie au contact duquel ils trouveront un peu de chaleur. Il leur conseillera la petite école communale du bourg de Plourin-lès-Morlaix, l'école Martin Luther-King, où nous ferons tous les trois notre rentrée en septembre. Au Poan Ben, cela fait scandale. S'adresser à l'académie, quel toupet ! Et retirer Damien et Renan, de si brillants élèves, quel gâchis !

Il est vrai que j'adore l'école. Je crois que j'y souris tout le temps et que j'ai compris très vite que ce lieu me voulait du bien. Un matin au Poan Ben, je quitte ma mère devant l'école primaire pour me rendre à pied à la maternelle, juste à côté. Des trombes d'eau se mettent à pleuvoir et je ralentis le pas, le cœur gonflé de bonheur, totalement en émoi. Chaque matin, lorsque j'arrive dans la cour, des grappes d'enfants viennent m'accueillir, en chef de bande. Les maîtresses s'amusent de mon aisance à évoluer dans cet environnement et surtout à apprendre. Un jour, allez savoir pourquoi, l'une d'elles m'enseigne ce qu'est un tournevis cruciforme. Le lendemain, elle tient un outil à la main et me demande si je sais ce que c'est. « Un tournevis cruciforme », réponds-je. Les maîtresses gloussent. « Non, c'est un tournevis plat. » Je repars, extrêmement vexé par ce vilain piège.

En grande section, une fois par semaine, nous allons à la bibliothèque. Si l'un d'entre nous a oublié son livre emprunté, la punition consiste à rester à l'école, chez les petits. Je découvre vite que c'est alors pour eux l'heure de la chorale et feins régulièrement l'oubli du livre pour aller chanter. Je me vois annoncer fièrement à la cantine vouloir devenir « auteur-compositeur-interprète ». Aujourd'hui encore, la précision de ce terme m'étonne mais je crois deviner ce qui a pu se passer. Mon père, entendant mes velléités, aura précisé, l'index levé : « Chanteur, c'est bien, mais le mieux c'est auteur-compositeur-interprète. »

— Ah ? D'accord. »

À la fin du CP, je quitte donc l'école du Poan Ben en sachant lire, écrire, compter, distinguer un tournevis plat d'un cruciforme et chanter à pleins poumons. Ma sœur, mon frère et moi gagnons aussi une maman entièrement dévouée à ses enfants. Meurtrie par ce qu'elle a vécu dans l'enseignement, après vingt ans de carrière elle demande sa retraite anticipée. Ce que nous ne savons pas, c'est qu'un immense contrecoup à cette période de luttes s'abat sur elle l'été qui suit.

Un jour, à la piscine municipale, une violente crise survient, sans prévenir. Alors que notre enthousiasme est grand et que nous sautons à l'eau, maman ressent un puissant éblouissement, la forçant à se réfugier derrière ses lunettes de soleil. Comme au ralenti, elle dévisage les baigneurs insouciants et leur euphorie la plonge dans une tristesse infinie. Mon père y verra tous les signes d'une dépression. Dans sa classe, ma mère n'avait jamais baissé les bras devant des enfants pourtant en grande difficulté. Claire et elle avaient toutes deux été confrontées à la bêtise, au manque de courage, à l'étroitesse d'esprit. À présent, il allait falloir avancer seule et le gouffre pouvait paraître grand ! Mais l'idée de liberté lui vint et cela fut comme une racine dépassant de la falaise. Elle se vit mère, dans une disponibilité d'esprit, accueillant les idées et les envies les plus diverses pour élever ses enfants. Être en somme une femme de terrain, avec ses vaillants petits soldats à ses côtés. Voilà ce qu'elle sera. Deux jours plus tard, la crise était passée et la vie pouvait continuer. Chaque soir désormais, maman viendra nous chercher en voiture à l'école. Elle nous regarde par le rétroviseur, Claire et Damien silencieux, et moi parlant sans arrêt, racontant les péripéties de la journée, penché contre le siège de maman et jouant avec des mèches de ses cheveux ou caressant sa joue que je trouve immensément douce.

Sa force de caractère, son amour inconditionnel, je le sais aujourd'hui, elle les a puisés dans sa solitude de maman inquiète. Rares sont les fois où elle a accepté de partager cela avec nous. Ce n'est que récemment qu'elle nous apparut, alors que nous dînions ensemble tous les cinq, chez moi.

À la cuisine, Damien et moi trouvons maman en pleurs. Elle venait de quitter la table prestement, alors que nous évoquions des membres de notre famille. Elle nous raconte : « Quand Claire est née, rares sont ceux qui ont eu pour nous, pour Claire, des paroles chaleureuses. C'est comme si votre sœur n'existait pas. L'une de vos cousines est née la même année qu'elle. Je me souviens qu'à trois ou quatre ans, elle venait parfois trouver sa mère, avec ce petit ton chantant qu'ont les enfants fiers, pour lui dire : "Regarde, maman, ce que j'ai fait ! Claire, elle n'y arrive pas !" Il s'agissait d'une galipette, d'un dessin, d'un premier mot écrit ou de lacets faits. J'avais beau être juste à côté, jamais sa mère n'a pris la peine de lui expliquer que cela ne se dit pas, que sa cousine rencontre des difficultés, qu'elles ne grandissent pas au même rythme, mais que ça ne l'empêche pas d'apprendre, petit à petit. Non, elle félicitait sa fille devant moi et j'en souffrais en silence. »

À l'évocation de cette scène, cruelle et douloureuse, je mesure mieux ce que purent être ses premières années de jeune maman. Damien, touché par la tristesse de notre mère, la prend dans ses bras et dit : « Peut-être pourrions-nous tous nous asseoir et parler de Claire ? Nous ne le faisons jamais. »

Nous nous regardons, l'un et l'autre. Je sais ce dont mon frère veut parler. C'est un moment que j'appréhende.

Nous nous sommes rassis à table, tous les cinq. J'observe ma petite famille, timide et courageuse, douce et tourmentée. Parler de Claire me fait descendre en moi-même, au creux de mon enfance. En sommes-nous déjà arrivés là ? Au passage de flambeau ? J'écoute mon frère parler posément :

« Maman, papa, vous avez sûrement besoin d'être rassurés. Puisqu'il faut dire les choses clairement et simplement, un jour ce sera à notre tour de prendre soin de Claire et je pense qu'il est important d'en parler tous ensemble. Qu'en penses-tu, Claire ? Le jour où cela arrivera, aimerais-tu venir vivre avec nous à Paris ?

— Oui, hihi ! »

Son cri du cœur m'a cueilli. Sa petite voix aiguë, enthousiaste et amusée a ôté un poids de mes épaules et je trouve le courage de poursuivre :

« Tu pourrais vivre une semaine chez moi, une semaine chez Damien. On t'aiderait à te trouver des activités, un petit travail. Qu'en penses-tu ?

— Oui, ce serait bien ça, hihi ! Hein, mamaing' ? »

En disant cela, elle a posé sa tête sur l'épaule de maman, geste affectueux et enfantin que Claire offre quand elle se sent entourée et en confiance. J'ai l'impression que nous venons de lui proposer de partir en vacances. L'atmosphère s'est détendue, maman fait mine de s'offusquer : « Eh bien, Claire, on dirait presque que tu es contente ! Tu sais, ce n'est pas pour tout de suite ! »

Je m'étonne de la légèreté avec laquelle nous discutons. Ces choses-là peuvent-elles être dites aussi simplement, autour d'un café ? J'aimerais pouvoir dire que mon cœur et mon esprit s'en trouvent libérés, qu'il ne reste plus qu'à se laisser glisser dans la vie et que les choses iront bien.

Je garde mes doutes pour moi. Cette perspective est encore abstraite mais j'en pressens déjà les écueils. Se peut-il que Damien soit si sûr de lui ? Je repense à cette fois, il y a quinze ans, où mon frère m'avait fait cette même impression. Alors que nous dînions avec nos épouses d'alors, il déclara : « Marta et moi en avons discuté, nous sommes prêts à accueillir Claire lorsque papa et maman ne seront plus là. On aimerait savoir quel est votre sentiment. » Décontenancé, j'ai dû bredouiller quelque chose, interrompu par Lolita : « Alors, je peux vous le dire tout de suite, pour moi ce n'est pas possible. » L'affirmation était sans appel et, bien que je l'aie trouvée violente, je crois m'être réfugié derrière elle, tout en me sentant amputé d'un choix, d'une responsabilité et peut-être d'un bonheur que je ne soupçonne pas.

Je regarde maman. Elle a peu parlé. Nous sommes son château de cartes qu'elle a monté tant bien que mal, elle le regarde sans bouger, de peur qu'il ne s'effondre. Je sais que les questions que je me pose tournent aussi en elle, lourdes et lancinantes. Comment vont ses enfants ? Sont-ils heureux ? Sauront-ils être là les uns pour les autres ?

À l'inverse, la conversation a mis mon père d'humeur badine. Souriant, il nous annonce : « Puisque nous parlons de tout cela, sachez que maman et moi avons réfléchi à l'endroit où nous voulons être enterrés. Nous aimerions être à Carantec. Malheureusement, je me suis renseigné, le cimetière est plein comme un œuf, comme dirait Brassens, mais il y en a un nouveau en dehors de la ville, moins charmant sûrement mais qui suffira bien pour ce que nous aurons à y faire. »

Il prend maman par la main et je le regarde, attendri par son geste, reconnaissant de la décontraction avec laquelle il annonce cela. Dieu sait qu'il nous arrive, à Damien et moi, de nous moquer gentiment de lui. Il nous semble parfois lire en lui comme en un livre ouvert. Je crois qu'il nous arrive de nous tromper. Mon père est un personnage intrigant.

« C'est le portrait craché de son père. » Cette phrase, prononcée par les boulangères, les garagistes et les notaires, les coiffeuses et les patrons de crêperies, les gendarmes et les promeneurs du dimanche, ne laisse aucun doute : je suis le portrait craché de mon père. La métaphore salivaire ne me plaît guère, mais il est vrai que nos yeux sont deux traits quand nous sourions, notre front est plat, notre nez tombant, notre menton timide. La récurrence de cette affirmation m'amène à une seconde conclusion : papa est connu comme le loup blanc. Il faut dire qu'il est le seul allergologue du Pays de Morlaix et que son cabinet ne désemplit pas. L'allergie a le vent en poupe, c'est l'intolérance au gluten de l'époque, nous croisons ses patients à tous les coins de rue. Merci les pollens et les acariens.

De temps à autre, après avoir fait quelques courses avec maman dans Morlaix, nous lui rendons visite à son cabinet. Celui-ci se trouve en plein centre-ville, dans la Grand-Rue, petite rue sombre et pavée, bordée de maisons à colombages et de magasins franchisés. En haut d'un escalier grinçant, sa secrétaire nous accueille avec des ronds de jambe et nous fait patienter dans la salle d'attente. Après quelques « Secrétariat du docteur Luce, bonjour » et un « C'est le portrait craché de son père » à mon intention, papa sort de son cabinet et raccompagne un patient, la goutte au nez ou les yeux rougis. Nous sentons qu'il lui est inconfortable d'accueillir sa famille sur son lieu de travail, il ne nous adressera la parole qu'une fois que nous serons entrés dans son bureau, la porte fermée.

Ici, c'est un autre père. Il porte la blouse blanche par-dessus un costume-cravate et parle bas. L'odeur d'alcool médical est forte et contribue à rendre l'atmosphère léthargique. Nous avons cependant le droit de nous allonger chacun à notre tour brièvement sur le lit de consultation. Nous aimons le papier en rouleau dont on le recouvre à chaque nouveau patient. Si nous insistons un peu, papa accepte de nous écouter le cœur ou de nous prendre la tension. Je reste silencieux en sentant le brassard se gonfler autour de mon biceps et accueille le « onze-six, tout va bien » de papa avec un soulagement feint. Il semble fatigué et pas particulièrement impatient d'accueillir le prochain malade.

À la maison, il régit la sphère médicale de toute la famille avec un détachement qui me déçoit un peu. « Ça va passer » est en gros le diagnostic commun à toutes nos petites maladies. Il se charge cependant des actes plus sérieux et me décalotte le prépuce au-dessus du bidet. Il nous administre aussi les vaccins avec une méthode de piqûre bien à lui, prenant quelques centimètres d'élan et plantant l'aiguille dans l'épaule, d'un coup sec, comme s'il jouait aux fléchettes. Un matin, il renverse une casserole de lait bouillant sur mon épaule. Sa réaction, tout en réflexe, est impressionnante : il me soulève instantanément, court vers l'évier de la cuisine et me jette presque sous le robinet d'eau froide. « Ça va passer. » Il changera patiemment mes bandages pendant plusieurs semaines.

Le matin, il nous emmène à l'école. Dans la voiture surchauffée, la radio à fond, il commente machinalement les billets des journalistes, relevant les fautes de syntaxe, de liaison, les anglicismes.

« *Michel Rocard est rentré ce matin à l'Assemblée nationale pour la traditionnelle déclaration de politique générale...*

— Entré à l'Assemblée nationale, pas rentré ! Vraiment, les journalistes... Est-ce que Malraux a déclamé "Rentre ici, Jean Moulin" ? Non ! »

Les sujets abordés à la radio sont l'occasion de brèves et sérieuses leçons que nous écoutons mollement, sans que celles-ci n'appellent de commentaires de notre part. Lorsque nous sommes arrivés à l'école, le baiser qu'il nous donne est un peu timide et détaché, il rate souvent la joue et embrasse les cheveux ou une oreille. Cependant, papa n'est pas allergique aux preuves d'affection et ronronne comme un chat quand nous lui massons le crâne ou les pieds. Il a aussi établi une liste de mots d'amour que nous devons lui restituer dans l'ordre exact, lorsque nous lui demandons quelque chose.

« Merci qui ?

— Merci papa-chéri-adoré-que-j'aime-à-la-folie. »

Il glousse alors de plaisir et nous passe la main dans les cheveux (ou les embrasse).

Voici, pour bien saisir son caractère, une anecdote à double perspective qui m'est parvenue, il y a quelques années, de la bouche de mon père et de celle de mon beau-père d'alors. Je laisse au lecteur le soin de juger des probabilités qu'ils aient pu vivre cette même scène, sans se connaître, et me la restituer, cinquante ans plus tard, à deux moments différents. Dans un souci de suspense qu'il me semble cependant avoir déjà quelque peu éventé, je choisis la version de Renaud qu'il me raconta un jour où je lui demandai de me décrire l'atmosphère du mois de Mai 1968.

Nous sommes donc en pleine insurrection, Renaud a seize ans, n'est pas encore le chanteur énervant que nous connaîtrons mais est suffisamment énervé pour avoir déjà écrit *Crève, salope* et participé au C.R.A.C, le Comité révolutionnaire d'action culturelle. Autant vous dire qu'il n'est pas le dernier sur les barricades. Justement, le voici, juché sur l'une d'entre elles, colline de pavés arrachés à la chaussée, de grilles d'arbres, de planches chipées aux chantiers alentour et de panneaux de signalisation. Il gueule les slogans d'alors, sûrement agrémentés de calembours douteux. Il se marre mais est en même temps prêt à en découdre avec le peloton de CRS massés juste en face, à une centaine de mètres. La tension monte, on s'attend à une charge imminente. Quelques « CRS SS » fusent mais on ne fait pas les malins. Il faut dire qu'ils sont casqués, munis de bâtons et portent la moustache. On les sent prêts à cogner sur cette jeunesse comme s'il s'agissait de leurs propres enfants. Soudain s'installe un lourd silence. Quelqu'un traverse la rue absolument vide, pile entre les barricades et les CRS. Cela suspend l'instant immédiatement. Les injures se sont tues, on ose à peine bouger. Les gardiens de la paix baissent aussi la garde et peuvent brièvement penser qu'ils portent bien leur nom. Mais qui est-ce ? Un pacifiste engagé voulant s'interposer, comme le fera plus tard l'étudiant de la place Tian'anmen ? Non, c'est un jeune homme maigre et soigné, lunettes épaisses et raie sur le côté, au pas incertain mais pressé qui, le nez dans une pile de dossiers, ne se rend pas du tout compte de ce qui se trame autour de lui. Le silence est tel qu'on entend ses mocassins en cuir battre la chaussée. Il trébuche malencontreusement et des dizaines de feuilles se répandent au sol. Il s'accroupit pour les ramasser et remettre consciencieusement tout cela en tas. Toujours agenouillé, il jette un coup d'œil à droite, un coup d'œil à gauche, marque un temps d'arrêt et termine précipitamment sa besogne pour enfin disparaître au coin de la rue.

Ce jeune homme, c'était mon père. Il avait dix-huit ans, sortait de la faculté de médecine rue des Saints-Pères pour rejoindre la gare d'Austerlitz et rentrer chez ses parents à Sainte-Geneviève-des-Bois. Comme il le dit lui-même, les événements de Mai 68 lui étaient totalement restés étrangers. Il était bien une fois entré dans une cellule communiste mais avait trouvé tout cela « puéril et sans intérêt ». On notera dans ce paragraphe la bonne utilisation des verbes *entrer* et *rentrer.*

Papa est un rêveur sérieux. Il sait admirer les paysages et lire les essais de Jacques Attali. Il aime la mer et les pages saumon du *Figaro.* Tous les dimanches, il emmène invariablement sa famille déjeuner à la crêperie de Carantec, en bord de mer. Au dessert, il prendra une crêpe banane-miel-chocolat flambée au rhum. Ensuite, nous arpentons la côte, sur le sentier des douaniers qui borde la rive ouest de la baie de Morlaix. Il en loue la vue avec ferveur et, en capitaine auto-proclamé, nous en détaille les joyaux : l'île Louët, l'île Callot, l'île aux Dames, le château du Taureau… Combien de fois ferons-nous cette promenade qui se termine au club house du tennis de Pen-al-Lann devant un diabolo-menthe ?

Parfois, il nous emmène naviguer sur la baie, à bord de la caravelle héritée de son grand-père maternel. C'est un voilier rudimentaire, un dériveur robuste et marin, de quatre mètres soixante. Il fait toujours un temps exécrable lors de ces sorties en mer que Damien et moi redoutons. Papa nous fait embarquer en premier, sur une petite annexe qu'il manie à la godille. Il nous dépose sur la caravelle qui attendait non loin, au mouillage, et repart aussitôt dans l'autre sens pour aller chercher maman et Claire qui patientent au bout du quai. Là, commence pour Damien et moi un interminable calvaire qui durera au moins trois minutes. Sous l'effet du puissant courant que la marée montante ou descendante crée, la caravelle, pourtant solidement amarrée à une bouée de mouillage, semble dériver. Les remous à la proue de l'embarcation finissent de nous en persuader et nous hurlons vers la côte, terrorisés à l'idée d'être engloutis par la Manche. Une fois nos parents et notre sœur à bord, nous minimisons l'effet qu'a eu sur nous cette illusion d'optique. Nous passons alors quelques heures à tirer des bords entre Roscoff et l'île Callot, frigorifiés et apeurés par les cris de maman qui « déteste quand ça penche ». Lorsque enfin nous rejoignons la terre ferme, je me dis que papa doit être déçu par cette famille de marins d'eau douce.

« Merci qui ?

— Merci papa-chéri-adoré-que-j'aime-à-la-folie. »

L'amour que porte mon père à ce bout de côte du Finistère Nord a contribué à ne m'en faire découvrir la richesse que bien plus tard, lorsque je pus par moi-même m'y fabriquer des souvenirs. Pour l'heure, la mer est la chasse gardée de papa, une vaste plaine froide et agitée qu'il contemple pour lui-même, les yeux plissés, et dont il connaît les habitants : cormorans, goélands argentés, fous de Bassan, huîtriers pies, tadornes de Belon, rigadelles, ormeaux et palourdes, étrilles et dormeurs. Cet héritage lui fut donné, telle une épée de chevalier, par son grand-père chez qui il vécut seul dans son enfance, l'année de ses cinq ans. Ses parents, ses deux frères et sa sœur étaient pourtant comme lui rentrés de Dakar au Sénégal où mon père est né. Mais ils s'étaient installés en banlieue parisienne et avaient estimé qu'il fallait se délester temporairement de l'un de leurs garçons. Papa nous parle souvent de cette période où il suivit ce grand-père, silencieux et bienveillant, au jardin et à la mer qui, je le sais aujourd'hui, sont deux déclinaisons d'un même essentiel.

Au retour de nos excursions en bord de mer, nous passons par « la rue des Lozac'h » à Carantec. Son vrai nom est la rue des Trois-Frères-Tanguy mais les cinq maisons qui la composent appartiennent toutes à la famille de papa. À l'origine, elle n'en comptait qu'une, celle de mes arrière-grands-parents, Hervé et Marie, qui scindèrent leur grand verger en quatre pour les offrir à leurs enfants : ma grand-mère qu'on appelle mammick, tante Lucette, oncle Roger et Dédé. Nous passons donc d'une maison à l'autre pour échanger quelques nouvelles.

La première maison est celle de mes arrière-grands-parents, grand-père et grand-mère. Une petite maison blanche, simple et coquette, coiffée d'une toiture à demi-croupe débordante qui lui donne une allure de chaumière. Quand nos aïeuls étaient encore de ce monde, nous les retrouvions dans leur petit jardin soigné. Grand-mère bêche, grand-père bricole sa caravelle. Ils sont chaleureux et accueillants et nous finissons notre visite au salon sur les genoux de ce dernier, pour des « au pas, au trot, au galop ! » endiablés.

Les trois maisons suivantes sont celles de mes grands-oncles et grands-tantes. Rougeauds, volubiles et rieurs, ils ont toujours l'air de sortir d'un apéritif, racontent des histoires, font des tours de magie. Il y a toujours du monde chez eux, leurs enfants et neveux, mes cousines et cousins. Nous nous retrouvons tous autour d'une grande table en plastique dans les odeurs de cacahuètes, d'anis et de rhum arrangé. Lorsque grand-père décède, l'âge de grand-mère devenant canonique, elle s'installe chez tante Lucette. Lors de nos rassemblements, on l'assoit dehors sur un fauteuil sous d'épaisses couvertures. Grisée par un doigt de Porto, elle chante quelques airs grivois en breton. Peu de temps après, elle sera la première morte que je verrai. Elle est allongée sur son lit et je vois papa lui fermer définitivement la bouche sur une dernière paillardise, à l'aide d'un tissu passé sous le menton et noué au haut du crâne. *Kenavo*, grand-mère.

Une rue, deux ambiances. La dernière maison est celle de mes grands-parents, papy et mammick. D'apparence austère, elle tranche avec la simplicité des quatre autres. Entièrement en granit, c'est une maison cossue et imposante. De petites fenêtres laissent la plupart des pièces dans une atmosphère sombre et lugubre. L'impression est accentuée par la majestueuse entrée surplombée d'un mannequin en plastique de taille réelle, vêtu d'un costume breton et accoudé à la rambarde du grand escalier. Lorsque nous sonnons à la porte, papa et maman dessaoulent instantanément de l'apéritif d'à côté, nous recoiffent, essuient du pouce un reste d'Apéricube et nous prenons tous une grande inspiration. À l'intérieur, nous restons sagement assis sur de larges fauteuils inconfortables, répondant aux quelques questions qu'on nous pose, en général au sujet de l'école. Nous tentons parfois d'aller jouer à l'étage avec l'imposant billard français installé dans une immense pièce mansardée qui lui est dédiée. Un jour, de là-haut, nous entendons les hurlements de mammick qui, excédée par les petits tic-tac des boules de billard, pique une véritable crise de nerfs. Le carrelage froid de cette maison sera dès lors recouvert d'œufs sur lesquels nous marchons dans un ennui profond et une politesse exagérée.

Papa ne semble pas à l'aise avec ses propres parents, je lui trouve une attitude renfermée, sur la défensive. Papy, bien que taiseux, semble le plus chaleureux, mais il règne chez eux une atmosphère de faux-semblant qui empêche toute familiarité. Maman fait tout ce qu'elle peut pour accueillir avec déférence les petites phrases cinglantes de sa belle-mère. Elle me racontera plus tard que mammick n'a jamais eu de paroles chaleureuses envers Claire. Comme elles se vouvoient, nous avons beaucoup de mal à ne pas faire de même.

Papy est polytechnicien et a occupé des postes importants chez Air France. Il commença sa carrière à l'aéroport de Dakar où il rencontra ma grand-mère. Issue d'une famille pourtant simple (le père de mammick avait fait à treize ans l'école des mousses et était devenu radiotélégraphiste dans la marine, affecté dans diverses colonies), elle vécut son mariage avec ce brillant jeune homme avec une fierté sans doute excessive et nourrissait peut-être un léger mépris pour celles et ceux qui n'avaient pas connu son sort. Dans l'étrange douceur de la vie des colons d'alors, éleva-t-elle ses enfants avec cette idée étriquée que la réussite fait l'homme ? Toujours est-il que papa semble parfois y puiser certains réflexes. HEC, Polytechnique, l'École centrale, les Mines, Ponts et Chaussées sont des noms qui sont très vite apparus dans ma vie, égrenés par mon père lorsqu'il parle de l'avenir de ses garçons ou accolés au fils Machin dont il a eu des nouvelles par ses parents et qui « vraiment, se débrouille bien ».

Papa choisit pourtant de faire médecine. Outre l'intérêt qu'il pouvait porter à la discipline, il s'agissait sans doute d'un choix suffisamment respectable aux yeux de ses parents. À la fin de ses études, il est attaché en médecine interne à l'hôpital Rothschild à Paris. Claire y naît en mai 1977. Dans le chaos et les incertitudes de ses premiers mois de jeune papa, entre les premières opérations de Claire, les gardes de nuit et les remplacements d'un généraliste, il prépare sa thèse et contribue à la création de la spécialité d'immuno-allergologie qui jusqu'alors n'était pas sanctionnée par un diplôme. Il sera reçu deuxième et obtient en 1978 la médaille d'argent lors de la soutenance de sa thèse. Damien naît cette même année en août.

Devenu interne à l'hôpital, il rejoint un laboratoire de recherche et dépose un brevet sur le « fameux » test de dégranulation des basophiles humains. Il se voit alors chercheur, pourquoi pas à l'INSERM ou dans un laboratoire privé. Je viens au monde en mars 1980 et nous déménageons à Quélern l'été qui suit.

Dire que dans notre enfance, nous portons les couleurs de maman n'est pas, je l'espère, lui faire injure. Lire en papa est plus difficile qu'en notre mère, dont le regard aimant semble toujours tourné vers nous.

Son sérieux saute aux yeux et est un peu intimidant lorsque, mains dans le dos, il dicte les courriers administratifs à maman. Il semble avoir du mal à se mettre à notre hauteur pour accueillir nos excentricités d'enfants et ses paroles manquent souvent de légèreté. Il donne parfois l'impression de vouloir être ailleurs et semble fasciné par les voyages au bout du monde et les hôtels de luxe. Il peut dire s'il y a un Sofitel à Kuala Lumpur ou à Montevideo.

Je ne me le formule pas alors ainsi, mais on sent chez papa de la frustration et une colère maintenue sous un mince couvercle. Celle-ci éclate parfois et ce sont des mots très durs qui résonnent dans la maison. Sans savoir de quoi il s'agit – nous n'en parlons pas – nous prenons fait et cause pour maman. Je me revois apporter au sous-sol un déjeuner, sur un plateau. Mon père est couché là, morose et asthénique. Il y est installé depuis quelques jours et ne parle plus à ma mère. Il semble perdu et le voir ainsi dans le renoncement me fait peur et le rend presque étranger à mes yeux. Sans dire un mot, je dépose le plateau et, peut-être pour briser la gêne de l'instant, me couche sur lui. Je crois qu'il ne dit rien, ne cherche pas à me rassurer. Le moment est inconfortable, je ne reste pas longtemps.

Une nuit, je suis réveillé par une violente dispute. Terrorisé, j'enfile un peignoir et tente de m'interposer. Les cris sont tels qu'un voisin vient sonner et demande si tout va bien. Lorsque, peu après, maman nous explique que nous partons chez son cousin à Paris, sans papa, nous ne posons pas de question. En préparant nos affaires, Damien et moi écoutons de la musique à fond. C'est étrangement un moment joyeux et maman s'en étonne quand elle vient vérifier où nous en sommes.

Hébergés à Saint-Cloud, il est question que nous y restions et je me rends à pied jusqu'à l'école voisine, essayant de deviner ce qui m'attend derrière ces hauts murs. Puis nous rentrons, sans véritable explication.

De cela, encore aujourd'hui nous ne parlons pas. À quoi bon ? Papa et maman se tiennent encore la main et se donnent de petits baisers, timides et jolis. C'est mon père qui, avec beaucoup de douceur, m'a annoncé la maladie de Parkinson de maman. Je n'ai pu pleurer qu'une fois le téléphone raccroché. Depuis, je vois papa attentif et bienveillant. Chaque jour, il fait les courses et prépare le déjeuner. Il découpe des avocats et encourage maman à les manger parce qu'il semble que cela est bénéfique. Il m'appelle quand il trouve maman fatiguée. Il me glisse alors pudiquement que je pourrais lui donner plus souvent de mes nouvelles.

Je regarde maman, aussi. Discrète sur ses peurs, silencieuse sur son besoin d'amour. Patiente et compréhensive, elle laisse papa faire de longues et quotidiennes siestes devant les chaînes d'informations en continu. Si elle lui en fait gentiment le reproche, elle ferme les yeux quand il prétexte qu'il réfléchit. Elle observe avec humour l'obsession qu'il nourrit pour la carte American Express et les *miles* Air France qu'elle permet de gagner à chaque dépense. Elle n'attend plus le beau voyage qu'elle était censée leur offrir, une fois les centaines de milliers de miles accumulés pendant plus de dix ans.

Je les vois, tous les deux. Ils entourent Claire d'un amour calme et doux. Ils sont au chevet de Damien, quand il en a besoin. Ils restent en retrait devant sa nature silencieuse. Ils me posent des questions inquiètes sur mon métier ou ma vie amoureuse. Ils se doutent que je me ronge les sangs et feignent de croire mes paroles rassurantes. Un « Nous sommes là » suffit.

Alors, je m'en veux de mon ingratitude, en racontant ce qui suit.

J'ai alors quarante ans. L'été s'étire mollement dans ma maison bretonne achetée douze ans auparavant après le succès de mon premier disque. C'est une ancienne ferme, biscornue et charmante, modifiée depuis un siècle par les propriétaires successifs. Michel, ancien agriculteur et voisin le plus proche, me raconte en riant que dans sa jeunesse, il voyait régulièrement l'un d'eux tomber ivre mort dans le lavoir aujourd'hui asséché. Dans la cour, une ancienne grange en pierre accueille un studio d'enregistrement installé à grands frais et dans lequel je ne vais plus.

Ce lieu-dit ressemble en tout point au Quélern de mon enfance, à une vingtaine de kilomètres plus au nord. Une ferme toute proche, quelques maisons, une petite route et de grands champs en monoculture tout autour. À dix-sept ans, parti de chez mes parents, j'étais pourtant persuadé que je ne vivrais plus jamais ici. Mais dix ans plus tard, j'ai ressenti ce besoin abstrait de m'offrir un bout d'enfance et peut-être aussi un lieu de partage pour notre famille. Depuis qu'ils vivent à Perpignan, papa, maman et Claire viennent deux fois par an. Pour mon père, c'est un pèlerinage important sur des terres qui semblent beaucoup lui manquer. Cet été, ils y passent un mois entier et je les ai rejoints avec ma fille pour deux semaines de vacances. Je trouve le temps long et me sens éteint. Cette maison vit généralement au rythme des allées et venues de mes amis, des grandes tablées auxquelles les voisins se joignent, des nombreux enfants courant entre la ferme et le jardin.

En présence de mes parents et de ma sœur, il me semble être le seul garant de la joie de vivre dont j'aimerais que ma fille soit témoin. Je ne sais pas si tous les parents séparés ressentent cela : je redoute qu'Héloïse s'ennuie, qu'elle me trouve morne et taciturne, ce que je m'autoriserais à être si j'étais seul. Pour compenser cette crainte, je multiplie les initiatives, les pique-niques sur la plage, les sorties en bateau, la pêche à pied, l'escalade de rochers, la construction d'une cabane, les escape-games et les jeux de société quand le temps est au gris.

Dans le même temps, j'observe mes parents et ne peux m'empêcher de relever ces petites choses qui m'exaspèrent : le temps qu'ils mettent à se préparer si j'improvise une sortie, profitant d'une soudaine éclaircie ; l'arrivée à la plage, où je suis le seul à avoir pensé aux maillots et serviettes pour Héloïse et moi. Ils resteront habillés, assis sur le sable, sous un soleil éclatant. Je m'entends aussi répondre sèchement à ma mère que je trouve timorée, inquiète et corsetée. Je subis la sieste de mon père sur le canapé du salon, plongeant toute la maison dans une épaisse torpeur. Je le regarde, mains sur les hanches, admirant le jardin et déclarant presque chaque jour, dans un soupir : « Ah, je me vois bien jardiner. » Je réponds en serrant les dents un « Mais vas-y ! » qu'il accueille avec un petit rire nerveux. J'observe ses sorties quotidiennes, le matin, prétextant quelques courses et revenant au bout de deux heures après « un crochet par la mer ». Je me demande pourquoi il ne propose jamais à Héloïse de l'accompagner, pour faire avec elle ce que son grand-père fit avec lui. Je bouillonne en regardant son sac de courses : le jambon industriel, la vinaigrette prête à l'emploi, les carottes sous plastique, les pommes de terre sous vide. Je soupire quand mes parents, deux fois par jour, à onze et dix-huit heures, se demandent déjà ce qu'on va manger. Je regarde mon père et ma sœur terminer leur dîner en vitesse, lui pour « regagner ses pénates », elle pour ne pas rater son mauvais feuilleton.

Dans ce climat, je me ferme comme une huître. Quand je ne suis pas avec Héloïse, je passe de longs moments silencieux à remplir des grilles de mots fléchés, j'attends le soir avec impatience pour m'enfermer dans ma chambre. En somme, je ressemble à ma famille, tout en leur reprochant d'être ce que je deviens. Je leur en veux de ne pas faire de ces vacances une fête, tout en m'en sentant bien incapable, englué dans une déprime dont ils ne sont pas responsables.

Ce soir-là, j'ai prévenu que je m'occuperai du dîner, à une heure que j'estime décente pour un soir d'été. À vingt heures trente, je commence à découper légumes et filets de poulet pour préparer, rien d'extraordinaire, ces galettes mexicaines dont ma fille raffole. Je me persuade que nous allons passer un moment convivial, à rouler des fajitas à la main en imitant l'accent mexicain. *Claro que no.* Ma sœur entre dans la cuisine, ouvre le frigo et en sort un reste de coquillettes de midi. Je comprends qu'elle s'apprête à les manger à toute vitesse pour ne pas manquer le début de sa série policière. Je m'y attendais mais cela me met en rogne :

« Putain, Claire, je suis en train de préparer le repas pour qu'on dîne tous ensemble, tu fais chier, là.

— Oh ça va, on peut rien faire dans cette maison ! »

Elle repart en criant jusqu'à sa chambre et en claque la porte violemment. Je cours à sa poursuite et force l'entrée qu'elle bloque du pied. Je hurle sur elle, hors de moi et menaçant. Je ne sais plus trop ce que je lui dis alors. Probablement un mélange d'insultes, de « Tu ne me parles pas comme ça » et de jugements portés sur son caractère. Je me tiens devant elle, presque jusqu'à la toucher, tremblant de rage. Elle pleure mais cela ne m'émeut pas. Je reviens à la cuisine où se trouve maman, incrédule. Mon exaspération n'est pas retombée et s'abat sur elle : « C'est vrai, on se fait chier dans cette maison, vous êtes mornes, vous êtes tristes, vous êtes rabougris. Si je ne propose rien, il ne se passe rien. Je me casse le cul et vous restez dans votre quotidien ronflant sans jamais apporter un peu de gaîté. Jamais une idée pour Héloïse, jamais d'initiative et en même temps, vous nous collez aux basques toute la journée. Je me demande pourquoi vous venez chaque année, si c'est pour faire ici la même chose que chez vous. Je vous ai annoncé prendre des antidépresseurs et vous ne m'en parlez jamais, de peur que l'on ait vraiment quelque chose à se dire. Vous m'emmerdez. » Et sûrement bien d'autres choses encore. Je crie tout cela, sans m'arrêter, en appuyant sur ce qui fait mal. Je verse ce joli tas de linge sale aux pieds de ma mère, sans aucune retenue, sadique et cruel. Elle reste calme, trop calme, et froide. Elle me répond sur un ton détaché et fier, abondant dans mon sens, me mettant le nez dans ma méchanceté, comme elle le faisait avec nos chats pour leur apprendre à pisser dans leur litière : « Mais oui, tu as raison, on s'emmerde avec nous, on ne fait rien de bien. Ne t'inquiète pas, on va partir demain et ce sera beaucoup mieux. » Désarçonné par sa réponse, je m'agrippe à mon tempétueux canasson pour ne pas perdre la face : « Eh bien, faites-le, j'en ai rien à foutre. »

Papa nous rejoint, traînant les pieds, en chaussons : « Que se passe-t-il ? » s'enquiert-il calmement, comme un médecin demandant machinalement : « Alors, qu'est-ce qui vous amène ? » Déjà moins persuadé du bien-fondé de mon courroux, je lui en résume cependant les grandes lignes. Je vois alors maman, toute petite, s'appuyant d'une main sur le plan de travail de la cuisine, de l'autre se tenant le front : « Tu sais, Renan, je ne le dis pas trop mais je suis très fatiguée. » Mon père ne me voit plus, il s'avance vers elle et la prend dans ses bras. Après quelques instants, tenant toujours maman, il me parle avec une retenue que je sens maîtrisée, comme s'il n'avait le choix qu'entre ce calme et une immense colère, dont je le sais capable : « C'est vrai, maman est fatiguée et moi aussi. Nous nous faisons beaucoup de souci pour notre santé, pour Claire, pour Damien et pour toi aussi, parfois. Nous voyons bien que nous n'avons pas les mêmes attentes que vous. Nous aurions aimé que Damien et toi vous sentiez plus proches de nous. Ce n'est pas le cas, c'est ainsi, nous le comprenons. J'en viens à me dire que, d'accord, la famille c'est important, mais maintenant, il n'y a plus qu'une chose qui m'importe… » La fin de sa phrase se termine dans un sanglot : « … c'est maman. » Seuls au monde dans leur étreinte, ils pleurent tous les deux en s'échangeant de petits baisers. Claire entre alors, marque un court instant d'arrêt, le temps de découvrir la situation et court vers eux en criant « Maman ! », se mêlant à leurs pleurs. Ils sont là, tous les trois, monstre d'amour à trois têtes et je me sens péteux, incapable de les rejoindre, étranger à leur détresse. Retenu par un sérieux ridicule, je reste là, statique comme un procureur qui refuse de se laisser attendrir par l'accusé. Je tente quelques « Mou mou mou, allez, allez. Oh là là » qui sonnent faux. Lorsque mon père se reprend, il poursuit :

« Tu sais, nous avons fait beaucoup de sacrifices, vécu des choses difficiles dont vous ne savez pas tout. On aspire à du calme, maintenant, c'est tout. »

Je comprends que dans ce « c'est tout », qu'il accompagne d'un geste définitif de la main, il y a presque une menace de couper les ponts.

« Je ne sais pas si tu le sais, Renan, mais quand nous vivions encore à Paris, je voulais faire de la recherche, j'ai même déposé un brevet et publié dans plusieurs revues. Un jour, je suis allé voir mon dentiste à Sainte-Geneviève-des-Bois. Il me connaissait depuis l'enfance, c'était le dentiste de la famille, il a suivi aussi mes frères et sœurs ainsi que mes parents. Il m'a demandé des nouvelles de ma vie et de mon travail. Quand je lui ai expliqué ce que nous traversions avec maman et que je me destinais à la recherche il m'a dit, sans détour… »

À nouveau, sa phrase s'interrompt dans un gémissement. Il peine à poursuivre, prenant de grandes inspirations qui font vibrer ses lèvres entrouvertes.

« … Il m'a dit : “Là, tu déconnes, Hervé”… »

Ses pleurs redoublent. Il se ressaisit cependant et sa phrase dégouline dans la cuisine, comme un enfant qui arrive enfin à confesser ce qui le chagrine :

« Il m'a dit : “Tu déconnes, Hervé, il faut que tu t'installes. Il faut que tu gagnes du fric et que tu t'occupes de ta famille.” C'est ce que j'ai fait. »

Oh, l'ingrat que je suis. Je suis là devant eux, tout en reproches, certitudes et exigences. Inspecteur des travaux finis. Se peut-il, pourtant, qu'ils soient aussi perdus que moi ? Je les voyais, deux arbres dont on ne questionne plus la présence, entre lesquels on tend son hamac de pacha. « Oh, ils tiendront bien le coup. » Quand nos parents vieillissent, on invoque l'ordre des choses comme une formule immuable qui nous dédouane de tout. Un laissez-passer qui nous autorise à avancer, tête baissée, en jouant des coudes dans le chaos du monde, sans regarder en arrière. Nos anciens nous ont soufflé dans le dos et, vitesse prise, il nous semble que le vent vient de face.

Mes parents et Claire sont restés jusqu'à la fin des vacances. Reparti avant eux, je recevrai une semaine plus tard une photo envoyée par maman : mon père a entièrement débroussaillé une partie du jardin, rangé le petit bois en tas, bien aligné le long de la haie. Depuis, il souffre du dos.

Je suis impatient de raconter tout cela à Damien. Parler de notre famille est l'un de nos sujets de conversation favoris, nous en partageons la même lecture que nous tournons régulièrement ensemble en une réconfortante dérision. Mais cette fois-ci, le récit que je compte lui en faire par téléphone est un prétexte. Nous avons à parler de nous et j'ai repoussé l'échéance comme on le fait d'une corvée.

Un peu plus tôt, j'avais reçu l'un de ces longs messages que Damien m'écrit lorsque sa météo intérieure est à l'orage. Je devine qu'ils font partie d'un travail sur lui-même entrepris il y a quelques années, mais je ne peux m'empêcher de lever les yeux au ciel quand je les reçois. Pourtant, Damien s'y ouvre à moi entièrement, soucieux de donner voix aux non-dits qui se sont installés entre nous. Cette généreuse et courageuse démarche passe par de lourds reproches qu'il sait cependant adoucir avec tendresse et intelligence. Il n'empêche, je lis ces courriels la boule au ventre, inquiet de la fragilité de mon frère qui m'apparaît à leur lecture.

Sa colère à mon égard – c'est le mot qu'il emploie – est, je le sais, l'un des fruits de notre amour fraternel et de notre histoire commune : la qualité de notre lien se doit d'en être à la hauteur. Il est vrai que de nous deux, je suis peut-être celui qui en exprime moins le besoin, bien qu'il ne se passe pas une journée sans que je pense à lui.

À la surface de l'iceberg qui refroidit en ce moment nos relations, il y a *Bobines*, ce spectacle que nous avons monté ensemble six ans auparavant. Sur scène, les chansons de mon répertoire y étaient prétexte à un dialogue entre nous deux, où nous évoquions notre enfance et nos parcours de vie, tantôt mêlés, tantôt divergents. À mi-chemin entre le concert et le théâtre, ce spectacle nous mena avec bonheur sur les routes pendant deux ans, en pointillés. Il m'a alors semblé que la vie de *Bobines* n'avait pas vocation à se poursuivre davantage. C'était pour moi une belle parenthèse que nous pouvions à présent refermer.

Cette décision, unilatérale il est vrai, l'a profondément meurtri : j'ai mis à la corbeille un projet commun qui pour lui était important et auquel je n'ai pas suffisamment cru. Je fais preuve d'un manque de générosité artistique, m'écrit-il. Il ne comprend pas que je rechigne à chanter mes chansons alors que c'est là le cœur de mon métier. Aussi, il constate que je n'ai fait aucun cas de sa propre carrière : professionnellement et financièrement, notre spectacle avait pour lui un intérêt que je n'ai pas pris en compte.

Je lis tout cela, sachant à quel point cela a dû lui coûter de me faire ces reproches tant chez lui c'est généralement la bienveillance qui domine. Je repense à cette autre lettre où il eut le courage de reconnaître avoir parfois envié ma réussite ou du moins lui avoir comparé la sienne ; à ce partage qu'il me fit des sentiments parfois aigres qui l'ont traversé, se sentant le *frère de* alors que nous signions des autographes après nos représentations ; à ces blessures qu'il ressentit lorsque je ne lui ai pas proposé de participer aux arrangements de mon dernier album ou de jouer sur ma dernière tournée.

« Quel est ton vrai problème avec moi ? » me demande Damien. Et à cela je ne sais que répondre. Il se demande si je lui en veux de ce que sa dépression me fit endurer ; si je ressens peut-être moi-même de l'aigreur quand, dans la rue, on me demande aujourd'hui si je fais encore de la musique alors que je suis en pleine tournée ; si j'envie sa prolifique créativité quand je peine à composer une chanson. Peut-être ai-je des réticences à être sur scène avec lui, avance-t-il, un manque d'estime face à l'artiste qu'il est, ou tout simplement peu d'amitié pour sa personne ?

Damien s'étonne aussi que nous ne nous disputions jamais, nous qui le faisions si souvent et avec tant de cœur enfants. J'entends dans cette remarque un regret, celui de notre lien, moins pur, moins essentiel qu'avant. Je le ressens aussi. Alors je l'appelle.

Au téléphone, guidé par sa propre sincérité, je m'efforce d'exprimer mes sentiments sans détour. Je trouve qu'en me faisant ces reproches, il fait abstraction de mes propres doutes et semble penser que je baigne dans un bonheur perpétuel, alors que j'avance dans une insatisfaction presque permanente. Je lui fais remarquer que ses longues lettres m'arrivent généralement après qu'il m'a vu dans des circonstances heureuses et que cela me questionne sur sa capacité à se réjouir pour moi. Je lui avoue que oui, je préfère parfois faire appel à d'autres musiciens qui ont une sensibilité qui me correspond mieux. Je lui fais part de ma lassitude face à ses demandes répétées de rejouer un spectacle dont il me semble avoir fait le tour.

Lui dire tout cela m'est pénible, j'entends ici et là des mots dépasser ma pensée et le ton monter dangereusement. Mais mon frère est un être d'une grande finesse et je ressens dans ses réactions sa profondeur d'âme, encline à tout accepter de moi. Les émotions sur un fil, nous parlons longtemps et je lui suis reconnaissant d'avoir agité ainsi nos sentiments endormis.

Petit à petit, sans nous en rendre compte, la conversation a glissé et nous parlons de nos parents et de Claire. Je lui raconte notre dispute et cela me fait du bien car je m'en veux encore beaucoup. Depuis quelque temps, une question me hante et je trouve ici l'occasion de la poser enfin à mon frère.

« Tu n'as aucun doute, toi, quand tu dis que tu es prêt à accueillir Claire, le jour où papa et maman ne seront plus là ?

— Ah mais si, tout le temps. »

Alors que je vivais avec culpabilité le simple fait de me poser la question, je découvre que nous sommes sujets aux mêmes questionnements. Comme moi, il se demande s'il sera assez solide, disponible et patient pour être aux côtés de Claire. L'un et l'autre, nous observons l'émotivité et la dépendance affective de notre sœur et les trouvons intimidantes parce qu'elles nous obligent, nous qui, plus que tout, sommes soucieux de son bien-être. Se dire tout cela est rassurant et je pressens alors que c'est précisément dans notre lien que nous pourrions puiser la confiance en l'avenir qui nous manque.

« Et si nous allions voir ensemble un thérapeute ? Quelqu'un qui nous aiderait à mettre des mots sur nos inquiétudes et les tensions entre nous ? Je crois que nous avons besoin d'être en paix l'un avec l'autre si nous voulons être prêts à nous occuper de Claire, un jour. Qu'en penses-tu ?

— Je suis d'accord, faisons cela, mon frère. »

En raccrochant, je souris de la sagesse dont nous faisons preuve. Nous n'avons décidément pas changé.

Je nous revois enfants. Nous nous bagarrons alors beaucoup. Deux jeunes cerfs entrechoquant leurs bois. Il y a cette insulte suprême qui nous met l'un et l'autre hors de nous. Il s'agit d'un râle d'attardé mental, censé singer l'autre, un « *gniienh* » guttural et lent, bouche molle et ouverte, langue à demi-sortie poussant la lèvre inférieure et menton prognathe. Lancé comme une ultime provocation, cela plonge son destinataire dans une rage folle, déclenchant un violent combat désordonné, coups de poing, de pied et tirage de cheveux. En sueur, hors d'haleine, corps contre corps, les coups de genoux pour se dégager nous font voir trente-six chandelles.

Cette violence récurrente nous fait réfléchir. Nous décidons de faire un serment d'armistice perpétuelle et cherchons un mot qui, par l'un ou l'autre prononcé, devra désormais impérativement mettre fin à toute querelle. Un genre de *safeword* fraternel. Après quelques propositions farfelues, dont un *Alakazam*, hommage à *Johan et Pirlouit*, nous optons pour un mot plus prosaïque : *Stop*. Problème réglé. Jusqu'à la prochaine dispute.

Notre amitié est belle, alors. Elle s'étend dans les longues soirées d'été où nous jouons au football dans le jardin, dans les cabanes aux toits de paille chipée à la ferme, dans les ruisseaux alentour où nous observons les têtards, dans nos frayeurs communément maîtrisées quand nous passons à vélo devant une ferme aux chiens menaçants ou dans l'ambitieux projet de journal de Quélern dont le premier numéro sera finalement le dernier.

À cette époque, mon frère porte déjà en lui une ombre. Un voile que je ne connais pas mais dont je vois les effets. Volontiers pensif et inquiet, il reste de longs moments à observer le ballet de ses réflexions, l'air grave, en suçant son pouce. Accoudé à son Velux orienté plein ouest, il regarde longuement les couchers de soleil ou les cieux étoilés. Ces derniers le fascinent et sont, alors qu'il traverse une période mystique, le réceptacle de ferventes prières.

Sa chambre, tranchant avec le capharnaüm de la mienne, est impeccablement rangée. Il en émane une atmosphère froide et bleutée. Dans un coin, des cailloux ramassés autour de la maison constituent ce qu'il appelle pompeusement sa « collection de minéraux ». Son bureau est une grande planche posée sur deux tréteaux quand, de mon côté, j'ai encore une petite table d'écolier. Très organisé, il épingle au mur son emploi du temps, les devoirs à faire et note ses objectifs scolaires avec sérieux, davantage attentif que je ne le suis aux attentes de notre père. Je n'ose penser que je cherchais à briser la sérieuse harmonie de sa chambre, mais un jour, pris d'une soudaine diarrhée et ayant souillé mon pantalon de pyjama, je le cache, roulé en boule, tout en haut du placard de sa chambre. La source de l'intolérable odeur vite démasquée, Damien et maman ont la gentillesse de croire à mes vives dénégations.

Mon frère semble plus solitaire que moi. À l'école, à l'heure de la récréation, je le vois régulièrement seul. Nous n'y communiquons pas beaucoup mais je l'observe du coin de l'œil alors que j'organise un « épervier », constituant les équipes et refusant, intraitable, tel ou tel camarade. Il faut dire que le changement d'école du Poan Ben à Martin-Luther-King a été difficile pour Damien. Il peine à s'y faire de nouveaux amis. Il s'en plaint auprès de maman qui le rassure comme elle peut.

Ce changement d'école a eu aussi un effet qui l'inquiète beaucoup. Son écriture, alors qu'elle était précise et soignée l'année précédente, a totalement changé. « Maintenant, j'écris comme un cochon », dit-il.

Damien et Claire sont dans la même classe et je m'intéresse peu à ce qui s'y joue entre eux. Je sais qu'il est témoin de moqueries adressées à Claire et que cela le met très en colère. Je le vois parfois se battre. En même temps, il lui fait la leçon si elle porte le flanc à de nouvelles brimades, parce qu'elle est toute débraillée ou qu'elle parle seule dans la cour. Un jour, lors d'une sortie en classe de mer, notre sœur, prise d'une envie de baignade, se jette à l'eau en culotte. Nos camarades la montrent du doigt en riant : « Regardez, Claire a des nichons ! » Damien, très gêné, lui demande froidement de se rhabiller.

Pendant les vacances, profitant d'être assis calmement face à elle, il essaie de lui reparler de cela, du regard des autres, de bienséance, de pudeur, de discrétion. Claire fond en larmes. Damien la prend dans ses bras et lui murmure : « Si je te dis tout ça, c'est parce que je t'aime. » Entendre ces mots de la bouche de mon frère le rend presque adulte à mes yeux, peut-être parce que je me sens encore incapable d'une telle déclaration.

Je vis mon statut de petit frère avec naturel, Damien est un aîné attentif et bienveillant. S'il envie ma sociabilité ou ma courbe de croissance, plus généreuse que la sienne, il a l'élégance de ne pas me le faire payer. Il faut dire qu'il y a un domaine où l'aisance de mon frère est indiscutable.

La musique est entrée chez nous comme une source timide : avant même qu'on ne la trouve, elle était déjà là. D'abord dans la voix de maman quand elle fredonne des comptines et des airs espagnols qui semblent avoir voyagé en cascade depuis des pays chauds et mystérieux ; dans les *pom pom pom* de papa qui, invariablement le dimanche matin, écoute Charles Trenet en faisant les cent pas dans le salon ; dans l'autoradio de Philippe et Henry-Paul, nos oncles des vacances dans le Sud, qui utilisent le tableau de bord de leurs voitures comme des congas et bongos ; dans la boîte à musique jouant *Prendre un enfant par la main* d'Yves Duteil, que maman est allée applaudir au théâtre de Morlaix. Depuis, nous fredonnons *Le Petit Pont de bois*, *Tarentelle*, *Virage*, *Clémentine et Léon*, *Le Mur de la prison d'en face*…

Dans ces chansons, ainsi que dans celles d'Anne Sylvestre, d'Yves Montand, de Charles Trenet, de Brassens ou de Bobby Lapointe, Damien et moi trouvons une source infinie de partage. Nous chantons alors tout le temps. L'un lance un couplet, l'autre le rejoint. Les paroles entrent en nous et dégoulinent de nos gorges avec gourmandise. Je crois n'être jamais plus ouvert et entier que dans le regard de mon frère dont la candeur est alors à l'unisson de la mienne. Souvent, à la maison, quand l'un descend de l'étage et retrouve l'autre en bas, nous découvrons que nous chantions le même air, chacun de son côté.

Maman inscrit ses trois enfants à la petite chorale du *Ti an Oll*, maison pour tous en breton. Animée avec sérieux et bonhomie par Yves Coat, nous y apprenons des chants de marins et donnons un petit spectacle en fin d'année, habillés de cirés jaunes, pulls qui grattent et bottes en caoutchouc. Claire, plus chanceuse, a hérité d'un costume complet : vareuse et casquette à pompon rouge. Nous mettons beaucoup de cœur dans ces fiers couplets. *Nous étions deux, nous étions trois / Nous étions trois marins de Groix / Mon tra deritra la la la / Mon tra deritra la lère.*

Damien est fasciné par le piano avec lequel nous accompagne M. Coat et en commence l'apprentissage l'année suivante. Je le vois sortir de son cours, sérieux et plein d'une excitation et d'une confiance toutes nouvelles. Lorsqu'il joue dans le hall du Ti an Oll *Quatrième Rendez-Vous* de Jean-Michel Jarre, un petit attroupement se forme autour de lui. Sa musicalité est évidente.

Dans le sillage de mon frère, un an après, je me mets aussi au piano. L'instrument est installé au sous-sol dans une pièce lambrissée pour l'occasion. Damien a une *Méthode rose* d'avance et un appétit pour l'instrument que je n'ai pas. Mon apprentissage du piano est plus que correct, mais il est inutile d'espérer rivaliser avec Damien. À la maison, la famille en visite se presse autour du piano pour l'entendre jouer. J'observe cela sans particulièrement en souffrir, mais en fais tout de même le constat auprès de maman. Bienveillante, elle nie l'évidence.

Je ne suis pas envieux de l'éclatant talent de mon frère car ce qui se joue désormais au sous-sol va au-delà du simple apprentissage d'un instrument. Les progrès de Damien sont fulgurants et, mû par une ardente curiosité pour tous les styles de musique, il prend en main nos pérégrinations musicales. Il apprend d'oreille les accompagnements de chansons que nous aimons : Trenet, Montand, Goldman, Dassin, Brassens, Cabrel, Antoine, Duteil constituent notre répertoire fétiche que nous travaillons avec beaucoup de sérieux et de passion. Nous sommes interrompus par des coups de pied sourds au-dessus de notre tête quand il est l'heure de passer à table.

Nous ne nous faisons jamais prier pour donner de petits concerts à nos parents et à la famille de passage. À cette occasion, nous remplaçons les trois ampoules blanches du plafonnier par trois ampoules de couleurs. Claire est chargée des passages au noir, entre les chansons. Elle joue aussi parfois du tambourin et reprend avec nous le refrain de *Champs-Élysées.* Pour mieux habiter une chanson triste, je pense à Fanny que nous avons retrouvée endormie il y a peu sur le bord de la départementale, un filet de sang à la truffe. Nos spectacles ont beaucoup de succès, même le taiseux papy s'exclame : « Vous me faites fondre. »

Lorsqu'un jour Damien compose une mélodie, je suis chargé d'en écrire les paroles. Installé confortablement dans mon lit, un petit lecteur de cassettes à mes côtés, un cahier sur les genoux, je décortique les phrases mélodiques enregistrées par mon frère au piano, sur une grille de blues. Me permettant un habile et discret plagiat de *La Puce et le Pianiste* d'Yves Duteil, j'écris : *Un chat sur un piano / Jouait un lent morceau / Une souris arriva / Et le chat s'emballa / Le jazz était, le jazz était là*... Le refrain me donne davantage de fil à retordre : « *Le jazz / La batt'rie, la contrebasse et l'piano / Jouèrent ensemble un merveilleux solo / Alors bravo le jazz*... On me fait remarquer que « jouer ensemble un solo », aussi merveilleux soit-il, peut paraître antinomique et j'opte finalement pour *faisaient ensemble un merveilleux trio*... Cette première création enthousiasme papa. Il nous parle de Sacem et de « tubes » qui ont fait la fortune de leurs auteurs. « *La Mer*, les enfants, a été reprise partout dans le monde ! Et ne parlons même pas de *Comme d'habitude !* »

Les semaines précédant Noël, maman enregistre nos œuvres sur cassettes. Nous vivons ces sessions avec beaucoup de sérieux et recommençons chaque fois que nous nous trompons.

Je vois parfois Damien en rage, déçu de lui-même après une erreur récurrente. Mélange de chansons et des pièces pour piano que nous apprenons alors, ces cassettes, soigneusement étiquetées par maman, sont envoyées dans le Sud, chez mamie Antoinette, tata Mimi ou tata Renée qui nous félicitent lors de coups de téléphone trop longs. Nous sommes payés en pulls tricotés main, nougats et rousquilles que nous recevons dans des colis dont l'ouverture est toujours une fête. Papa fait l'achat d'un caméscope et, nos récitals désormais filmés, nous nous habillons et nous coiffons soigneusement, selon les directives de maman.

Le point d'orgue de cette époque est sans doute la Fête de la musique 1991. Cette année, pour la première fois, Damien et moi jouons sur une petite scène installée devant *Piano Valat*, le magasin de musique, rue du Mur, à Morlaix. Notre répertoire est prêt, nous l'avons testé quelques jours plus tôt lors de la fête annuelle du collège. Les élèves scandaient nos prénoms avant que nous n'entrions sur la scène du théâtre à l'italienne. Frissons. Admirateurs d'Yves Montand, dont nous regardons souvent le spectacle en VHS, enregistré au Metropolitan Opera de New York, nous avions soigneusement choisi nos vêtements et portions des chapeaux de feutre noir, melon pour mon frère, haut-de-forme pour moi, entourés d'un ruban de papier cadeau argenté du plus bel effet. J'avais réfléchi à la contenance que j'allais me donner, une fois le micro à la main, et optai pour des allers-retours incessants, de cour à jardin, marchant d'un pas saccadé, mi-pantin, mi-crooner, au rythme de la musique jouée au piano par Damien. Nous eûmes de grandes émotions, dans le fourmillement des coulisses, dans l'éblouissement des lumières et le crépitement des applaudissements. Depuis, nous jouissons d'une petite notoriété dans la cour du collège du Château.

Maurice Valat nous accueille devant son magasin. Nous le connaissons bien, notre piano a été acheté chez lui et nous lui rendons régulièrement visite pour acheter des partitions ou simplement rêver devant les instruments. Il a bien fait les choses : il y a une petite scène en bois, un piano à queue, une batterie, des micros sur pied. Nous nous installons, tout sourire.

Damien semble un peu plus tendu que je ne le suis, mais c'est bien la joie qui domine. Un sérieux attroupement s'est formé devant la scène. J'y reconnais quelques camarades et des filles de l'école, plus âgées, que je trouve très jolies. On entend quelques « Allez, les Luce » qui me font penser aux encouragements des spectateurs de Roland-Garros. Très professionnels, nous lançons « Un deux, un deux » au micro. Je ne peux m'empêcher de sortir un discret « Trois quatre » qui ne fait rire que moi.

Au premier rang, maman nous filme. Papa, qui travaille à son cabinet, pourra nous voir plus tard, en vidéo. Celle-ci sera aussi allégrement transmise à nos aïeules du Sud et nous aurons droit à une double ration de nougats. À côté de maman, Claire rêvasse mais semble fière de voir ses deux frères devant un public, elle qui est généralement notre seule spectatrice.

Nous commençons par *Champs-Élysées.* Nous nous partageons les couplets et nous rejoignons au refrain, sur une harmonie trouvée par Damien. Lorsque je croise le regard des filles du collège, je souris, enivré par ceux qu'elles me rendent. À la fin de la chanson, les applaudissements sont nourris, accompagnés de cris et de sifflets. Damien et moi sommes aux anges, visages éclairés. Modestes, nous regardons nos chaussures, tant les encouragements nous touchent. Je me sens profondément bien, dans la sécurité du lien qui m'unit à mon frère. Je le trouve généreux de me mettre ainsi en valeur, lui qui me semble avoir du talent pour deux.

Dans notre répertoire, *Le Jazz et la Java* de Claude Nougaro est ma chanson préférée. J'aime les mots du poète, qui claquent quand on les prononce. *Ses p'tites fesses en bataille sous sa jupe fendue / Elle écrase sa gauloise et s'en va dans la rue.*

Après *La Mer* de Trenet, que nous terminons à l'unisson d'un *Pour la viiiiiiie* en voix de fausset, Damien me cède sa place au piano. En nous croisant, il me lance un petit « Allez », d'un ton légèrement condescendant et moqueur. Pour chanter *Le Jazz*, notre fameuse composition, j'ai hérité de « la pompe », seule partie que je peux convenablement jouer, loin des belles envolées de Damien. Jouant debout à mes côtés, mon frère se charge des thèmes et solos qui égrènent la chanson. J'ai quelques hésitations, nous décalant à plusieurs reprises dans un placement rythmique pas très conventionnel.

Ces approximations n'ont pas entamé la joie que ces quelques minutes m'ont procurée et je quitte la scène, radieux. Damien annonce solennellement qu'il va « terminer par un jazz de sa composition », que j'écoute d'une oreille distraite, trop chamboulé par les émotions qui m'ont traversé. Quand il me rejoint, la pudeur nous tient un peu éloignés l'un de l'autre, mais nous savons tous deux ce que nous avons partagé.

Mon frère a ouvert un chemin dont je n'ai qu'à suivre la trace. C'est un chemin lumineux où le corps vibre, où les mots et les notes, par leur délicatesse, me font fermer les yeux. Être écouté, devenir l'objet d'un silence est miraculeux. Auditeurs et musiciens sont témoins les uns des autres et ce pacte m'émeut parce qu'il ne répond à aucun code. Du spectateur somnolant au pogo, du pianiste austère au joueur de guitare avec les dents, c'est le même don, gratuit et précieux. Le découvrir avec mon frère, dans l'exigence et l'insouciance qui à notre âge sont la même chose, est merveilleux. Puisse cela durer toujours.

Lorsque Damien a déchiffré seul la *Grande Valse brillante* de Chopin, M. Coat, bonne âme, a déclaré qu'il ne pouvait plus le suivre et conseilla son entrée dans les cours de Marianne Herné à l'enseignement plus académique. En bon petit frère, je suivis le mouvement. Lors de notre première entrevue avec notre nouvelle professeure, alors que nous arrivons devant sa porte, à deux pas du collège, l'excitation de Damien est bien visible et il déclare, très sérieusement : « C'est le début de la gloire. »

Les leçons que nous donne notre nouvelle professeure, son éternelle tasse de café à la main, sont exigeantes. Je n'y vais pas toujours de bon cœur et, à la sortie du collège, quitte mes copains en traînant les pieds. À cette époque, nous allons au parc jouxtant l'école pour faire éclater toutes sortes de pétards : fusées, tigres, bisons ou mammouths. Je demande un jour à mes camarades d'installer, pendant l'un de mes cours, une imposante batterie de pétards mitraillettes sous la fenêtre de ma professeure. Il me semble qu'elle se doute de mon implication.

Damien, lui, fait de véritables étincelles. Très assidu, il se ménage une heure de piano chaque matin avant de partir au collège. Je me réveille au son de ses gammes. J'ai un tempérament nettement plus dilettante et la voix de maman résonne souvent dans la maison : « Renan, va faire ton piano ! »

L'exigence de nos parents est discrète mais ils suivent nos progrès d'un œil attentif et préoccupé. Papa, de son verbe emphatique, place la barre haut sans s'en rendre compte, dans une bienveillante tentative d'être digne des aspirations de son fils aîné. Rapidement, le parcours d'un pianiste digne de ce nom ne semble plus avoir de secrets pour lui et nous l'entendons parler de CNSM, de concours internationaux et de mentors prestigieux. Il ne jure que par la *Pathétique* de Beethoven et le *Concerto pour piano n°1* de Tchaïkovski. Maladroitement, il loue parfois auprès de Damien ma sensibilité musicale, semblant y opposer le jeu de Damien, plus rigoureux. Cela chagrine mon frère.

Étrangement, papa ne semble pas avoir les mêmes attentes pour moi. Un été, lors d'une sortie en mer, il me parle fiévreusement des patrons du CAC40, costume qu'il me voit bien enfiler. Je trouve flagrant le décalage entre le tangage du bateau sur la mer bleue et la route droite tracée par la voix de mon père. Je ne dis rien mais vois dans cet épisode une négation de mes aspirations les plus profondes.

Pour nous permettre de progresser, les efforts de nos parents, que nous n'appelons pas encore sacrifices, sont grands. Un piano à queue est acheté. Maman nous emmène à Paris lorsque nous passons des concours pour lesquels nous obtenons des mentions sur des diplômes aux titres ronflants, décorés d'arabesques. Endimanchés, nous y découvrons l'ambiance éteinte de l'académisme musical. Le silence en entrant sur scène, les mains moites que nous essuyons sur nos cuisses avant de jouer, l'absence d'applaudissements, les chuchotis des juges.

Lorsque nous entrons au conservatoire de Brest, maman nous y accompagne chaque mercredi. Dieu, que je m'y ennuie ! Au sérieux du travail qu'on y attend, auquel je veux bien essayer de me plier, s'ajoute celui que se donnent nos enseignants. « On dit bonjour MADAME », s'entend-on répondre quand on salue la professeure de piano.

Dans la même classe de solfège que Damien, j'apprends à m'appuyer sur lui pour masquer mes lacunes. Lorsque nous déchiffrons tous ensemble à voix haute, complètement perdu, je répète les notes de mon frère, un quart de seconde après lui, sans parvenir à leurrer notre austère professeure.

C'est peut-être là que nos chemins se séparent. La locomotive allait plus vite que moi. Au conservatoire, tout en regrettant la chaleur des cours de Marianne Herné, Damien affine ses goûts musicaux. Il rentre un soir, euphorique après avoir découvert l'*Ave verum corpus* de Mozart dans le chœur où il est inscrit et me fait chanter avec lui l'une des voix. En cours de solfège, son professeur lui fait entendre le *Concerto pour piano en sol majeur* de Ravel. C'est pour Damien une révélation, il en écoute en boucle le deuxième mouvement.

À quinze ans, après six années de piano, Damien passe le concours d'entrée du CNSM de Paris, fleuron de nos conservatoires. Tentative prématurée, l'échec était sans doute prévisible. Damien, qui n'envisage pas d'autre chemin, découvre son âpreté. Nos parents prennent conseil là où ils peuvent et entendent quelques étranges affirmations : « Le concours est trusté par les jeunes Japonais, mieux préparés depuis la petite enfance » ou « Il faut être parrainé par un professeur prestigieux qui présente son élève au concours d'entrée ». Conscient cependant qu'on ne peut s'y présenter que trois fois, Damien, armé d'une profonde passion, ne se décourage pas et vit des expériences qui le transforment. À seize ans, il envoie un enregistrement au Festival international de musique de Dinard, y est programmé et joue les trois mouvements de la fameuse sonate *Pathétique*, comme un clin d'œil à papa. Ce dernier apprend que son père était à Polytechnique avec Claude Helfer, devenu grand pianiste que Damien écoute souvent, dans ses enregistrements des *Valses nobles et sentimentales* de Ravel. Il obtient une entrevue avec lui, qu'il prépare en travaillant la *Sonate « Waldstein »* sur un clavier loué alors que nous sommes en vacances chez notre tante en région parisienne. Il prend quelques cours auprès de lui et participe à son académie d'été. Damien raconte qu'il s'y sentit pour la première fois véritablement pianiste, au milieu des pianos à queue installés dans toutes les pièces et dans les passionnantes discussions avec son prestigieux professeur et les autres élèves.

Nous entrons au conservatoire de Saint-Brieuc où j'arrête le piano pour y apprendre le saxophone. Nous y allons en train le mercredi. J'aime mon nouvel instrument mais m'y rendre reste une corvée. Je cherche peut-être un chemin de traverse, moins encombré par le talent de Damien et me mets à la guitare, dans mon coin. Je chante en essayant de me construire une autre voix, maintenant que celle-ci a mué. J'écris mes premières chansons. Nous partageons encore des moments légers, en écoutant les sketchs de Raymond Devos, en nous filmant, imitant ceux des *Deschiens*, en regardant des comédies musicales américaines et en reprenant parfois leurs chansons : *Hello, Dolly ! West Side Story, Chantons sous la pluie, Un Américain à Paris.*

Je suis alors en seconde au lycée de Morlaix, Damien en première, et lors de l'un de nos derniers mercredis au conservatoire de Saint-Brieuc, en attendant le train du retour, nous faisons les zouaves en nous prenant en photo dans une cabine Photomaton.

L'année suivante, Damien s'en va à Paris.

Je ne sais plus ce que vit mon frère, au plus profond de lui. Je ne suis pas là. Je le sais accaparé par des cours de piano avec un professeur réputé, par sa préparation à l'examen d'entrée au CNSM, par ses stages d'été à Aspen dans le Colorado où il gagne le concours de concerto et joue sur la grande scène du prestigieux festival. Lorsque nous nous revoyons pour les vacances, je le trouve devenu sérieux, presque hautain, m'offrant à présent un regard d'initié pour le profane qu'il me semble être devenu à ses yeux. Nous sommes alors moins complices.

L'entrée au CNSM lui est refusée. Le sachant très déçu, je lui parle brièvement au téléphone, cherchant quelques mots rassurants. Je sens mes parents inquiets pour lui. Il est cependant reçu à la Juilliard School de New York où il passe deux années. Je ne me souviens pas de son départ. Nous ne nous écrivons pas ni ne nous appelons. Je suis moi aussi parti de la maison pour suivre mes études à Rennes, puis à Toulouse.

J'apprends un jour qu'il a décidé de rentrer avant la fin de son cursus, invoquant le mal du pays. Mes parents et moi avons mis longtemps à savoir ce qu'il s'était vraiment passé.

J'ai moi aussi terminé mes études et nous nous retrouvons tous deux à Paris. Nous nous voyons rarement. Damien semble vivre dans un bouillonnement intellectuel dont je me sens étranger. Il se passionne pour la littérature, la poésie, le cinéma. Il apprend le latin. Ce vaste enseignement lui est semble-t-il prodigué par un ami de son professeur de piano, un compositeur et critique musical de renom, devenu son mentor.

Damien donne tout de même quelques récitals dans des églises et festivals. Un agent l'a approché mais mon frère semble trouver le milieu de la musique classique trop étriqué. Il prend des cours de claquettes et de théâtre. Tout cela semble faire partie du vaste et ambitieux projet de devenir un artiste complet.

Lors d'une visite à nos parents, je m'emporte violemment contre lui. Son sérieux et sa condescendance m'exaspèrent et peut-être me complexent aussi. Rien de ce que je dis ou vis ne semble trouver grâce à ses yeux. Papa et lui se disputent fréquemment, Damien n'ayant plus aucune patience pour l'emphase paternelle.

Et puis un jour à Paris, je suis réveillé en sursaut par mon amoureuse d'alors. Elle n'a eu qu'à murmurer « Renan » et il me semble avoir tout de suite compris. Damien est à l'hôpital. « Il a pris des médicaments. »

Je le trouve endormi sur un lit-chariot, dans un coin d'un couloir des urgences. Tellement frêle dans sa robe d'hôpital. Il prononce quelques mots inaudibles alors que je lui tiens la main, impressionné et horrifié pas son geste. Il a la bouche pâteuse et des hoquets incessants. Je répète machinalement « Je t'aime, je suis là. »

En vrai, je ne suis pas là, je commence à peine à vivre ma vie de chanteur et ce premier coup dans l'estomac ne suffit pas à m'arrêter pour venir, vraiment et entièrement, au chevet de mon frère.

Il y a bien un branle-bas de combat familial, les parents qui viennent à Paris, les conversations stériles, les conseils de famille où nous cherchons les raisons de son geste et l'aide que nous pourrions lui apporter. Les « Peut-être que » et « Il faudrait que » que nous échangeons, phrases inquiètes de ceux qui mettent un pied pour la première fois dans les méandres de la psychiatrie, ces hypothèses que nous piochons dans ce que nous pensons alors savoir de sa vie. « Il n'a pas beaucoup d'amis », « Il se jette à corps perdu dans le travail », « Il n'a pas eu le succès qu'il mérite », « Il s'éparpille trop »…

Je suis surtout obnubilé par le geste lui-même. Je veux comprendre ce qui lui est passé par la tête au moment où il a avalé ces médicaments. Cela me semble absolument incompréhensible et véritablement fou de décider consciemment que voilà, c'est fini. Je lui pose la question. Il répond simplement : « Je ne sais pas, à un moment je suis allé dans la salle de bains et j'ai avalé toute la boîte, c'est tout. »

Je vis ce premier épisode comme un fardeau. Notre lien fraternel m'inspire alors de la méfiance et c'est certainement avec un manque de naturel et de générosité que je côtoie mon frère. Il se rappelle ici violemment à moi d'une manière que je ne suis pas capable d'entendre.

Lorsque la vie reprend son cours, j'ai l'impression d'abandonner Damien à son sort. L'attitude d'un frère digne de ce nom eût été de le faire monter à bord de ma barque, alors plus solide que la sienne. Au contraire, je me mets à l'éviter un peu plus. Mon existence est alors en apparence gaie et riche en surprises : ma première tournée, les rencontres, les fêtes, un grand amour. Je n'assume peut-être pas ce grand écart entre nos vies. En même temps, je me découvre une angoisse, des doutes sur moi-même dont je ne parle pas. Comment pourrais-je le faire ? Tout va si bien. Je ne sais pas vraiment ce qu'est alors le quotidien de Damien, je le vois plongé dans les grands textes, la grande musique, le théâtre et le pense accaparé par un monde intérieur qui lui suffit.

Et puis cela recommence, au fil des années. À nouveau, la robe d'hôpital, la bouche pâteuse, les « Je t'aime, je suis là », les discussions avec mes parents, les séjours en clinique. Je ne sais plus, cinq fois ? Dix fois ? Mes émotions en restent figées. C'est trop pour moi. Pourtant, je connais les vagues à l'âme, l'insatisfaction, la colère intérieure, l'espoir qui fait tenir un temps puis qui disparaît. Mais ce geste, la solitude dans lequel on le fait, l'attente que les médicaments agissent, le cercle de l'esprit qui ne devient plus qu'un point, la peur peut-être ou le soulagement, non, cela, je ne le comprends pas.

Quinze ans après son premier acte désespéré, me voilà devant l'appartement de mon frère. Le bruit est assourdissant. Bêtement, je pense aux habitants de cette petite rue parisienne que l'on doit déranger en pleine nuit. J'ai presque envie de demander aux pompiers d'y aller mollo, avec la masse. L'un d'eux cogne sur une trappe métallique qui donne sur la chambre du souplex de mon frère. Elle résiste.

Je suis arrivé il y a une heure. J'ai crié et tambouriné à la porte, sans succès. Un peu plus tôt dans la soirée, j'avais reçu un message d'une amie de mon frère, inquiète de ne pas avoir de nouvelles. Je n'en avais pas non plus depuis plusieurs jours. J'ai écrit à Marie-Hélène, son amie la plus proche, ainsi qu'à d'autres de ses connaissances. Alors, l'angoisse m'a pris.

Conjointement à cela, j'ai senti poindre un ressentiment. « Tu fais chier, Damien. » J'essayais de me convaincre qu'il vivait l'un de ces replis qui s'imposent souvent à lui. En même temps, je ne pouvais m'empêcher de penser à ces nombreuses fois où il a cherché à se foutre en l'air. Égoïstement, je trouve qu'une responsabilité lui en incombe. Il n'a plus le droit de laisser ses proches comme ça, sans nouvelles. Il l'a perdu le jour où il a fait de nous une famille inquiète, en sursis.

Je me suis mis au lit. Je lui ai laissé un message, je lui ai écrit, j'ai appelé ses amis, je ne peux rien faire de plus. On verra demain.

Évidemment, je n'ai pas pu m'endormir en laissant planer ce doute. Et s'il l'avait refait, ce geste ? Je me suis rhabillé et j'ai pris un taxi.

Le pompier cogne toujours contre la trappe. Mon téléphone sonne, c'est Marie-Hélène. Je l'avais prévenue lorsque je me suis décidé à appeler les secours, je n'avais pas envie de rester seul. Elle est censée arriver d'une minute à l'autre.

« Oui, c'est Marie-Hélène, je suis là, tu es où ?

— Mais je suis devant chez Damien avec les pompiers… »

J'ai compris immédiatement. Comment ai-je pu oublier que mon frère a déménagé il y a plusieurs semaines ? Il vit maintenant à quelques rues de là. Un quart de seconde, je nourris l'espoir d'effacer comme par magie cette absurde situation. Mais non, il n'y a que cet immense coup de chaleur qui s'empare de moi. Me suis-je à ce point désintéressé de mon frère ?

« Oh putain, Marie-Hélène, je suis allé à son ancienne adresse ! C'est quoi déjà la nouvelle ? J'arrive. »

Le pompier en chef m'engueule, on ne les fait pas venir comme ça, pour rien. En même temps, je lui explique que le problème reste le même, je me fais du souci pour mon frère, j'aimerais qu'ils me suivent. Son nouvel appartement ne se trouve pas dans leur secteur d'intervention, ils remballent leur matériel et repartent très vite.

Quel con ! Mais quel con ! En courant, j'appelle Marie-Hélène. Elle se charge de prévenir les pompiers, à nouveau. En arrivant devant l'immeuble de mon frère, elle m'attend en bas. Elle a déjà sonné et frappé, il ne répond pas, on entend de la musique à l'intérieur.

Monté jusqu'à la porte de Damien, je tambourine à mon tour, de plus en plus fort, sans m'arrêter, en criant. Au bout de quelques minutes, la porte s'ouvre et il s'écroule dans mes bras.

Nous sommes allongés par terre, je lui caresse le front. Je t'aime, je suis là. Il marmonne un peu, il a l'air de m'avoir reconnu et semble apaisé. J'entends la sirène des pompiers.

Nous y revoilà. Le départ du camion, l'attente aux urgences. Il faudra appeler demain pour savoir où il va être transféré. La courte nuit, le coup de fil aux parents au matin pour les prévenir.

Je préfère parler à mon père. Sentir qu'il revêt sa blouse de médecin me rassure, cela met une distance avec les événements. Je sais qu'avec maman, je serais face à une émotion qui naît du ventre et une douloureuse angoisse dont j'aimerais la préserver. Papa et moi ne parlons pas longtemps, en une phrase je me déleste du poids de la nuit. « Damien a repris des médicaments. »

Mon père prend une voix douce pour simplement recevoir cela. « Bon. D'accord. » puis « Où est-il, là ? » et enfin, lorsque je lui dis que je file chez lui pour prendre quelques affaires et les lui apporter, « Appelle-nous quand tu l'auras vu, ça va aller ». Je sais que je le laisse à sa douleur et qu'il lui faudra la masquer pour parler à maman. Je pense que là aussi, il aura des mots de médecin, qu'elle écoutera en silence. Claire descendra peut-être de sa chambre et l'écoutera aussi, en posant sa tête sur l'épaule de maman qui lui donnera un baiser sur le front pour la rassurer, et c'est ce geste de réconfort envers sa fille qui lui fera monter les larmes. Ils parleront longtemps.

Arrivé dans l'appartement de mon frère, je rassemble quelques vêtements et les livres posés sur sa table de chevet. Dans la salle de bains, je prends toutes les boîtes de comprimés que je trouve et les mets dans une grande trousse. Je la garderai plusieurs années chez moi, dans un tiroir, avant de réussir à m'en débarrasser. Je vois son ordinateur portable et ne peux m'empêcher de l'ouvrir. Deux fenêtres internet sont encore ouvertes et me serrent le cœur. La première est une page de banque en ligne. « Comment obtenir un crédit consommation. » La seconde est une page du forum *vulgaris-medical.com.* « Prise massive de Bromazépam » en est le sujet. Je lis quelques commentaires et je vois alors mon frère, la veille au soir, aveuglé de détresse, piochant des conseils à peine déguisés.

Sa boîte de courriels n'a pas non plus été fermée. Un message sans objet ni destinataire est toujours là. Je me force à le lire. En quelques lignes, par des phrases courtes, d'une tristesse et d'une amertume infinie, moitié en français, moitié en anglais, la douleur écrasante de mon frère m'apparaît et m'étreint. Son regard assassin sur lui-même, sa supposée infériorité, sa jalousie. Et puis le nom de son ancien mentor, dont je découvre un peu plus le rôle destructeur dans la vie de mon frère.

À l'âge où Damien se construisait, plein de rêves et d'ambition, ce funeste personnage, fort de son statut d'intellectuel prétextant élever son esprit, l'avait peu à peu étouffé, éloigné de ses proches, avait altéré sa confiance, sa liberté de choix, sa vision de lui-même. C'est lui qui l'avait dissuadé de rester à New York. « Tu vaux mieux que cela », disait-il, alors que pour mon frère, cette admission dans cette prestigieuse école était une victoire. Chaque matin, il imposait qu'ils se parlent longuement au téléphone. À force de petits jugements et de grandes phrases, de crises de colères qui avaient tout de la jalousie, mon frère tomba sous son emprise et en vint à ne plus savoir ce qu'il faisait là-bas. De retour à Paris, c'est aussi lui qui le persuada qu'un agent ne lui servirait à rien et que c'est à ses côtés qu'il apprendrait le mieux ce qu'est un artiste. Effectivement, son vaste enseignement était passionnant et étanchait la soif d'apprendre de mon frère. Aujourd'hui encore, il se sent redevable de cela.

Mais le mal fut terrible, tant durant plusieurs années tous les pans de sa vie lui furent dictés : ses goûts artistiques, ses amitiés, jusqu'aux vêtements qu'il portait.

Damien mit longtemps à nous en parler. La culpabilité de nos parents est grande. Ils ne se sont doutés de rien, cet homme avait l'air si charmant et intelligent.

Je me sens coupable, aussi. Coupable de ma réaction face à sa détresse. Bien sûr, il y eut des étreintes, des mots doux, des regards bienveillants et des silences laissant planer notre amour fraternel dans les chambres d'hôpital. Mais je me souviens surtout de ma dureté, de mes injonctions. « Il faut que tu te soignes », « Tu as pensé à maman, à ton fils ? » Je sais que j'ai prononcé cette phrase que je regrette encore : « Si tu te suicides, je ne serai pas triste, je serai juste en colère. »

Peut-être me suis-je senti aspiré par quelque chose de trop lourd pour ma petite vie, en apparence heureuse mais qui commençait aussi à se fissurer.

Peut-être aussi ai-je vécu ces actes comme une trahison à un pacte tacite, scellé depuis l'enfance dans les « Tu viens dans mon lit ? », dans les quatre mains au piano, dans le corps d'un chat déposé dans une boîte à chaussures, les « Allez, les Luce » de la Fête de la musique. Un « stop » ne suffit plus pour mettre un terme à mon inquiétude.

Ma confiance en l'avenir s'en trouve assombrie. Je ne sais plus si nous réussirons à *faire famille*, envers et contre tout et à être là, un jour, mon frère et moi, pour Claire. Je m'attendais peut-être à ce que ma place de petit dernier m'offre un droit à la légèreté et à l'insouciance. Il me semble avoir perdu cette place. Elle me manque, parfois.

Dans notre famille, nous exprimons nos émotions avec retenue. Leur amplitude semble écrêtée autant par une peur de bousculer l'autre que de se bousculer soi-même. Alors, lorsque maman m'a annoncé, d'un ton sobrement amusé : « Au fait, on ne te l'a pas dit, Claire a une copine », j'ai enfilé ma tenue de spéléologie familiale.

Claire glousse. En m'arrivant, cette nouvelle parcourt deux chemins. Une part rebondit sur ma conscience et me fait m'accorder au ton de ma mère, renvoyant un enthousiasme économe. Le reste rejoint les strates d'inquiétude fraternelle qui se sont superposées en moi.

Claire n'a eu que de rares amies. Une ou deux âmes pures qui acceptèrent Claire comme elle est et reconnurent en elle des qualités affectives profondes et touchantes. Pour les autres, je crois que la peur de la différence l'a toujours emporté. Cette gêne, je la connais, elle s'empare aussi de moi lorsque je suis confronté au handicap des autres. Est-ce la crainte d'une incompréhension mutuelle ? Une coupable compassion ? Malheureusement, le mot *rejet* me vient aussi, dans son acception la plus cruelle. De quelle maladie souffre notre société pour que, collectivement, nous privions certains d'entre nous de notre intérêt, de notre sympathie, de notre accueil, de notre regard ?

Mes parents n'ont jamais cherché à confier aux autres le soin d'inclure Claire dans la société. Ce choix m'interroge parfois. Souvent, je croise en ville ces minibus transportant un groupe d'handicapés mentaux. Je les imagine se rendant au cinéma, au bowling, à un atelier poterie ou au travail. Je me demande si Claire aimerait cela. Je crois que voir ma sœur en compagnie d'autres handicapés me dérange, comme si le miroir qu'on pourrait être tenté d'y voir était réducteur et cruel.

Je crois que c'est ce que mes parents ont toujours ressenti. Qui d'autre qu'eux aurait pu déceler en Claire un appétit d'apprendre, de grandes capacités de mémoire et d'imagination ? Qui d'autre qu'eux aurait su l'encourager dans son chemin d'apprentissage, jusqu'au CAP ? Papa et maman furent à plusieurs reprises échaudés par l'incursion des *structures* dans le parcours de ma sœur. Je repense à cette fois où, à la fin de ses études, elle fut aiguillée vers un stage dans un chenil. Claire dans un chenil, elle qui avait peur des chiens. Mes parents n'ont sans doute pas osé remettre en cause la voix de l'Institution, désireux qu'ils étaient de voir leur fille avancer dans la vie. Les propositions de stage ne devaient pas non plus se bousculer… Cela s'est évidemment mal passé, Claire était prise de haut-le-cœur en nettoyant les enclos des chiens et on lui a demandé sèchement de ne pas revenir le lendemain. Elle n'a pas osé ou su le dire à nos parents et j'ai la gorge serrée en l'imaginant y retourner quand même, lourde d'appréhension et de non-dit confus.

Papa et maman ont gardé Claire auprès d'eux. Elle suivit quelques formations, au gré des propositions des organismes d'État. Dans ses dernières années d'exercice, mon père embaucha Claire au secrétariat de son cabinet, où ma mère travaillait déjà depuis qu'ils avaient déménagé à Perpignan. Je pensais alors beaucoup à eux, trio inséparable, jour et nuit.

Depuis des années, Claire nourrit le rêve de travailler dans une bibliothèque. Sa passion pour les livres, son impressionnante mémoire, ses connaissances suffisantes en bureautique, sa calme patience sont de précieux atouts qui auraient pu lui ouvrir les portes de ce métier, pour peu qu'on adapte sa mission à ses capacités et à sa rapidité d'exécution. Après quinze ans d'attente, de rendez-vous, de lettres, d'entregent, de timides promesses du maire, nous n'attendons plus rien.

Je ne sais pas si je prends la mesure de la solitude de ma sœur. Certes, mes parents l'entourent de leur amour et leur quotidien me semble doux, un peu ronflant à mon goût, mais n'ont-ils pas mérité ce calme rassurant ? Aussi, dans leur lotissement, le voisinage est chaleureux et j'ai écho de randonnées, d'apéritifs et de barbecues où Claire est accueillie avec bienveillance. Cependant, papa me dit ne pas comprendre pourquoi, alors qu'elle se trouve juste à côté, c'est à lui qu'on demande « Et comment va Claire ? » Il répond toujours :

« Mais elle est là, tu peux le lui demander. » Il n'y a personne à blâmer. C'est comme ça.

Claire n'a jamais eu de véritable amie de son âge pour étancher une soif de lien que j'ai toujours observée chez elle. Enfant déjà, lors des goûters d'anniversaire, je la voyais poser la tête sur l'épaule de mes camarades de classe ou leur prendre le bras. Leur gêne me contaminait. Plus tard, dans un geste spontané, elle prenait la main de mes petites amies et leur réaction était pour moi un bon curseur de leur gentillesse. J'ai été plusieurs fois tenté de lui dire que cela ne se fait pas. Mais qu'en sais-je ? Tout cela montrait surtout un besoin d'affection et d'interactions, en dehors de notre petite famille.

Alors, pour moi, l'annonce que vient de me faire maman est un événement.

« Mais c'est formidable ça, Claire.

— Hihi, oui je suis contente !

— Et comment s'appelle-t-elle ?

— Sarah ! »

Une question après l'autre, j'obtiens un aperçu de la joie de ma sœur. Pour elle aussi, c'est quelque chose cette soudaine amitié.

Et puis maman glisse avec un petit sourire qu'elle voudrait anodin, mais dont elle ne peut cacher la lueur triste : « Sarah est Témoin de Jéhovah. »

Je sais exactement ce qui se joue à cet instant. Mes parents se font du souci, sûrement depuis plusieurs semaines, et ont préféré ne pas en parler, ne sachant pas comment réagir et ne voulant surtout pas nous alarmer, mon frère et moi. Par cette petite conversation légère, maman m'informe de la situation, charge à moi d'y mettre le degré d'inquiétude que je souhaite. Il me semble que si je le décidais, nous pourrions continuer à faire comme si nous nous réjouissions de l'incursion d'une sympathique femme dans la vie de Claire. Bien sûr, je sais que les choses ne sont pas si simples. J'ai noté le bonheur de ma sœur et il est difficile d'imaginer l'en priver. Mais enfin, on parle d'une Témoin de Jéhovah ! Je n'y connais pas grand-chose mais ai un avis bien arrêté sur la notion d'abus de faiblesse. Je choisis cependant de questionner ma sœur avec douceur.

« Ah bon, et vous vous voyez souvent ?

— On se parle au téléphone et en visio et puis parfois elle m'invite chez elle.

— Et vous faites quoi ?

— On regarde des films.

— Ah d'accord. Quel genre de films ?

— Des films sur Jésus, quoi ! »

Un petit éclat de rire aigu accompagne sa réponse, comme si Claire avait bien noté l'incongruité de la situation. Je me lance dans une tirade sur la liberté de choix, sur le caractère intime de la religion. J'explique à ma sœur qu'elle a le droit de dire à Sarah que cela ne l'intéresse pas.

« Oh, moi je m'en fous de ça. On rigole, c'est tout. »

Maman me raconte qu'effectivement, lorsqu'elle est au téléphone avec cette femme, elle l'entend rire sans arrêt, surtout lorsqu'il s'agit de répéter de petites prières.

Je suis triste du bonheur de ma sœur. Triste que quelque chose d'aussi simple et essentiel que l'amitié ne lui soit pas offert gratuitement. Que la spiritualité fasse partie de sa vie n'est pas le sujet, je l'emmènerais volontiers à la messe si elle en émettait le souhait. Nous avons bien suivi le catéchisme, enfants. Maman en a même assuré l'enseignement pendant une année ou deux. Mais depuis, la place de la religion dans notre famille se résume aux quelques « *Amen bigouden* » que Claire utilise avec humour quand on remet la main sur un trousseau de clés égaré.

Quelle limite puis-je imposer au bonheur de ma sœur ? À quarante-cinq ans, Claire devrait avoir le droit de fréquenter qui elle veut. Je sais que mes parents ont dû essayer de lui parler gentiment de la méfiance qu'il convient d'avoir face à quelqu'un dont les sentiments sont troubles. « Oh ça va, laissez-moi tranquille », a dû leur répondre ma sœur. Mais peut-on imaginer Claire accompagner cette Sarah sur les marchés, où j'apprends qu'elles se sont rencontrées ?

Auprès de ma sœur, je feins un intérêt amusé, une connivence qui me permettrait d'en savoir plus. Je sais qu'il faut prendre le bonheur de Claire au sérieux et qu'il n'est pas possible de le dénigrer de but en blanc. Il paraît pur et lui faire beaucoup de bien. Je demande à Claire : « Ça t'embête de me donner son numéro de téléphone, pour que je puisse faire connaissance avec Sarah ? » Ma sœur accepte, heureuse de partager ainsi avec moi cette joyeuse rencontre.

Il me semble aussi qu'une part d'elle est soulagée de me voir m'immiscer dans cette relation, comme si elle avait besoin d'aide pour démêler des sentiments dont elle n'a pas toutes les clés.

J'hésite plusieurs jours avant de décrocher mon téléphone. Je veux être sûr d'adopter la bonne attitude et suis partagé entre l'envie de mettre un terme à cette relation dont je ne sais pas grand-chose et celle de simplement faire savoir à cette femme que la famille de Claire est là, attentive, et que tout ne peut être permis. Toute Témoin de Jéhovah qu'elle est, elle n'est peut-être pas dépourvue de bienveillance.

Pendant ces quelques jours d'hésitation, je m'étonne de recevoir chaque jour des messages de ma sœur, me demandant si j'ai pu parler à Sarah. Je ne sais pas si elle a hâte que je constate par moi-même à quel point cette femme est sympathique, si elle s'inquiète de ce que je vais lui dire ou si elle m'encourage à réagir face à une situation qui la dépasse. Elle termine l'un de ces messages par « Claire ta copine » avant de se corriger dans le texto suivant : « Je me suis trompée, j'ai voulu écrire Tati et ta sœur qui vous aime tendrement. »

La voix à l'autre bout du fil est jeune et dynamique. Sarah a mis deux jours à me rappeler après que je lui ai laissé un message. Je rassemble toute mon ouverture d'esprit pour lui expliquer la raison de mon appel : je souhaite lui faire savoir que la relation qu'elle entretient avec Claire nous questionne et que le fait qu'elle soit Témoin de Jéhovah nous pose problème.

« Ah, c'est pour ça ! Mais peut-être ne savez-vous pas exactement ce que c'est ? Je peux vous expliquer.

— Je vous arrête tout de suite, je ne suis pas là pour parler de religion, je n'ai aucun souci avec l'éventuelle foi de ma sœur. Ce qui m'interroge c'est la nature de votre relation avec elle, que je trouve inquiétante.

— Vous savez, j'arrive très bien à lire en Claire, elle est exceptionnelle et je l'aime beaucoup. Vous dites que vous êtes là pour elle, mais elle est très seule, elle me l'a dit. Moi, je lui offre de la présence et de l'amitié.

— Oui et du prosélytisme. C'est quoi la prochaine étape, la faire démarcher au porte-à-porte ?

— Écoutez, vous avez l'air d'avoir des idées bien arrêtées. Je sais juste ce dont a besoin Claire. »

Je ne peux pas entendre cela de quelqu'un dont je pressens que l'affection n'est pas entièrement désintéressée. Au fond de moi, je sais ce que je dois faire. Je décide de mentir.

« Je vais être très clair avec vous. Sachez qu'on a déposé une main courante au commissariat et que nous porterons plainte si vous continuez à communiquer avec elle. C'est notre choix et je ne souhaite pas en discuter. »

La suite de la conversation oscille entre tension et larmes de crocodile. « Elle va beaucoup me manquer », finira par dire Sarah. Je raccroche en sachant que le plus dur est de l'annoncer à Claire.

J'en parle d'abord à mon père. Il est soulagé. Pas seulement parce que le problème semble réglé, mais aussi parce que c'est moi qui m'en suis chargé. Je comprends qu'à la maison, cette situation était source de conflits dans lesquels il était impossible de communiquer posément avec Claire. S'en charger eux-mêmes aurait pu abîmer leur lien. Papa dit à maman : « Tu vois, on a bien fait d'en parler à Renan. » Je m'étonne que la question se soit posée.

Comme souvent, la réaction de Claire me surprend. Je lui explique que nous avons discuté avec les parents et Damien, que nous sommes tous d'accord sur le fait que cette amitié est dangereuse pour elle, qu'il faut se méfier de la manipulation et des sentiments intéressés. Elle dit simplement : « Ben oui, c'est une secte. » Je m'excuse auprès d'elle d'avoir dû m'immiscer dans sa vie et lui demande si elle n'est pas trop triste. « Non, il n'y avait pas le choix. » Et elle répète : « C'est une secte, alors… » Je lui demande de me prévenir si Sarah lui écrit à nouveau. Je conviens avec maman qu'elle surveillera son téléphone pendant quelque temps.

Cet épisode m'a beaucoup fait réfléchir. Un espace laissé vacant dans le cœur de Claire a permis à cette femme de s'y engouffrer. Que pouvions-nous y faire ? Je pense, en un premier réflexe, que c'est à mes parents d'y remédier. Ont-ils suffisamment encouragé l'indépendance de leur fille ? Je suis tenté d'incriminer leur quotidien doux et rassurant, comme si le seul chemin possible ne pouvait être que celui d'un long combat. C'est oublier qu'ils l'ont parcouru, ce chemin. C'est oublier qu'ils l'arpentèrent seuls depuis toujours, laissant petit à petit leur confiance en l'autre s'évanouir.

C'est à notre tour peut-être, à mon frère et à moi, de prendre notre part dans la vie de Claire, de l'inclure dans la nôtre, de se sentir responsables d'une part de son bien-être, de lui faire entrevoir ce que la vie a de beau à lui offrir. Nous sommes restés trop en retrait, dans une attitude enfantine, préférant croire nos parents tout-puissants.

Il m'arrive de trouver que je fais un drôle de métier. Pas particulièrement pour des questions de rôle dans la cité, je crois être en paix avec cela. C'est davantage le fait même de chanter que j'interroge. La voix est un mystérieux orgue intérieur. Soufflerie et tuyauterie cachées, on fait avec ce qu'on a pour verser au monde sa petite conviction, son émotion floue, dont la lecture est à soi-même abstraite. En gros, il s'agit de partager un sentiment diffus à l'aide d'un ressenti bancal. On est bien avancé.

Un autre questionnement. Une fois habillés de mélodie, les mots sont-ils plus lourds ou plus légers ? Est-ce qu'on chante en parlant ou l'inverse ? Il me semble, moi, parler en chantant. Cela n'a pas toujours été le cas et je regrette ce temps où, enfant, tout cela n'était que vibration.

J'ai mué depuis longtemps et pourtant c'est ma voix de tête qui aujourd'hui prédomine. Allez comprendre.

Je prends des cours de chant avec parcimonie. Tous les quatre ou cinq ans, chaque fois avec un professeur différent. Il faut croire que je n'y trouve jamais ce que je cherche, mais y ai appris pêle-mêle que, du *i* au *o*, les voyelles résonnent du haut du crâne au bas du ventre ; que la voix peut prendre naissance dans l'anus ou qu'il est possible de respirer avec le dos ; que l'on peut « ouvrir le palais » et « abaisser le diaphragme ». J'ai chanté allongé. J'ai chanté une main ouverte au-dessus de la tête ou l'une posée sur le ventre, l'autre sur le bas du dos. J'ai chanté des « naha » et des « diho ». J'ai testé le vin blanc, le miel, le citron, l'élixir du Bolchoï et le Solupred. J'ai chanté pour le rang du fond ou pour un auditeur imaginaire, assis à dix centimètres à l'arrière du dessus de mon crâne. J'ai retenu des phrases comme « Quand ils pleurent, les nouveau-nés ont la voix bien placée ». J'ai pioché dans tous les lieux communs, qui d'ailleurs n'ont pas tranché si l'on chante avec le cœur ou les tripes, si l'on doit être complètement « présent » ou en total « lâcher-prise ».

J'en suis là de mes réflexions lorsqu'on frappe à ma porte. Fabrice, mon nouveau professeur, a bien une tête de plus que moi et apparemment un poumon aussi. C'est un ténor à la carrière plus que respectable, il a interprété Offenbach, Purcell ou Rossini. Je l'aime bien, même s'il parle beaucoup et entretient un lien très intense avec son interlocuteur. Je préfère généralement les gens légèrement fuyants et taiseux, ça me détend davantage. Lui, très à l'aise, regarde droit dans les yeux et pose son imposante main sur mon épaule. Parfois, il me montre à quel point le corps peut résonner et lance de but en blanc un « ah » tonitruant qui me fait contracter la vessie et plisser les yeux. Lorsque je lui demande comment faire passer une émotion avec une voix si pleine, le même « ah » est accompagné d'un sanglot très opératique que je trouve néanmoins assez convaincant.

Il m'a été conseillé par une amie versée dans l'ésotérisme et le développement personnel, cela aurait dû me mettre la puce à l'oreille. Si le chant est un cours d'eau à maîtriser, j'ai effectivement fait appel à un sourcier plutôt qu'à un éclusier. Mais à mon grand étonnement, j'apprécie sa manière de faire. Il m'incite à « chanter vrai », comme il dit. Ne sachant pas trop ce que cela veut dire, je suis à l'affût de mes sensations intérieures et cherche dans les tréfonds de mon corps une porte dérobée qu'il faudrait ouvrir. J'imagine que derrière se trouve le véritable moi, assis devant une cheminée rougeoyante. En entrant, je le trouverai de dos. Paisible, il fera pivoter un imposant fauteuil pour me faire face, refermera un livre poussiéreux et m'accueillera d'un bienveillant « Eh bien, tu en as mis du temps. »

Fabrice est au piano. « Aujourd'hui, tu vas me chanter *Göttingen* de Barbara. Simplement, comme si tu me lisais une lettre. Garde la voix bien pleine et ouverte. » Il joue sans fioritures les mesures à trois temps, presque mécaniquement, dans une tonalité plutôt basse pour ma voix. Je reste le plus calme possible et essaie de résister à toute tentation de sensiblerie. *Bien sûr ce n'est pas la Seine*… Je me sens bien, à ne rien faire de particulier. Les sons chatouillent mon plexus. D'instinct j'appuie sur certaines syllabes, sans savoir si cela m'est dicté par les mots ou par la mélodie. *Mais c'est bien joli tout de même…* Je prends certaines notes un demi-ton en-dessous, pour le plaisir de les faire glisser à leur place, comme un doux gardien de brebis. À chanter ainsi, le plus simplement possible, je retrouve cette sensation qu'offre la voix du matin. Celle qui, n'ayant pas encore parlé, semble sortir d'un puits sans fond. *Nous, nous avons nos matins blêmes…*

Je ne sais pas à quel moment j'ai senti les mots de Barbara se poser au-dessus de la mélodie. Peut-être lorsque j'ai oublié l'enjeu de l'exercice et que, de ce fait, je me suis trouvé en sécurité avec cette merveilleuse chanson. Il n'y a alors plus rien d'autre à faire que de la dire. *Mais nous les comprenons quand même…* Ce sont de jolis mots, simples et profonds. Un humanisme d'autant plus éclatant qu'il est doux. Cela me donne chaud comme donne chaud un petit bonheur. Le même plaisir grave que je lis sur le visage de ma fille quand je lui donne une pièce qu'elle va glisser dans le chapeau d'un musicien de rue.

Mais les enfants ce sont les mêmes à Paris ou à Göttingen…

Les larmes sont venues d'un coup. Bon sang, je ne m'y attendais pas. Ce n'est pas à cause du sens de la chanson. Pas uniquement.

Je m'assois à mon bureau et pleure à gros bouillons. Fabrice a la gentillesse de se taire. Il dit juste « Laisse venir ». Je ne sais pas trop sur quoi je pleure, assis comme ça, le front posé sur ma main. Le véritable moi doit le savoir, lui. Il doit hausser les épaules et dodeliner de la tête sur son gros fauteuil, l'air de dire « Eh ! Bien sûr qu'il chiale ». Je ne sais pas si je viens de retrouver ou de perdre quelque chose, mais ce qui m'a traversé est une sensation qui appartient à l'enfance. J'ai chanté vrai quelques secondes, ma voix n'en était pas plus belle, plus ronde ou plus forte, mais elle était posée sur un souffle profond et calme. Dieu, que c'était simple et fort ! En portant mon attention sur les mots de Barbara, j'en ai oublié ma soufflerie intérieure et c'est elle qui m'a cueilli. Elle qui charrie d'habitude tant de doutes et d'insatisfactions. Elle qui, avec le temps, s'est emberlificotée dans mes tripes. Je pleure sur l'enfant solaire que j'étais, sur le monde qu'il semble y avoir entre lui et moi. Je pleure d'avoir revu quelque chose de délicat et d'insaisissable, comme on regarde un objet précieux tombé à l'eau, glissant vers des profondeurs inatteignables.

Je suis devenu expert en autodénigrement. Ce constat m'est apparu un jour où, rangeant quelques bibelots sur ma bibliothèque, je me suis entendu me dire « T'es qu'une merde » à voix haute. Comme ça, sans raison, au beau milieu d'un geste absolument anodin. Je n'étais même pas particulièrement de mauvaise humeur, ce jour-là. Je sais qu'une petite voix malveillante a pris l'habitude de me piquer discrètement de son venin, mais c'est bien la première fois que je l'entends si distinctement. Pour cause, elle se permet maintenant d'utiliser ma propre voix. J'en rirais presque si je ne trouvais pas le constat affligeant. Allons bon, à voix haute, maintenant ! Et le diaphragme bien baissé, s'il vous plaît. Ma petite entreprise de sape personnelle ne connaît pas la crise. Trois-huit, tickets resto et treizième mois.

D'après ce que je comprends, cette voix juge principalement mon travail. Il est vrai que je me sens fâché avec ce métier qui m'a pourtant généreusement accueilli quinze ans auparavant. À l'époque du succès et des récompenses,

Arnaud, qui s'occupait de la sortie de mes disques, me surnommait « Idéal du Gazeau ». Pour filer la métaphore chevaline, je me sens davantage « Stewball », désormais.

Pourtant, aujourd'hui encore, je voue à ma profession une estime presque religieuse, la chanson française a ses prophètes, ses temples et ses prières et je suis resté pratiquant. J'ai mon chapelet de chansons. Vous me réciterez deux *L'Orage* et un *Portbail*. La création, lorsque je me l'autorise, est une grande source de joie. Écrire une chanson m'offre un mois d'euphorie. En écoutant, seul dans ma maison en Bretagne, l'ultime mixage de mon dernier album, je me souviens avoir poussé un interminable et profond hurlement de loup, d'une intensité qui m'a moi-même surpris. C'est peut-être mon meilleur souvenir de ma vie de chanteur.

Je porte sur moi-même un jugement implacable. Je tourne autour de mon bureau, du piano ou de ma guitare avec la méfiance d'un jeune boxeur à la pesée. Je les regarde d'un œil, la boule au ventre, en attendant que l'un de nous fasse le premier pas. J'ai commencé deux cents chansons, j'en ai fini quarante. J'en enregistre les débuts sur dictaphone et les écoute inlassablement en attendant qu'ils me soufflent s'il y a quelque valeur en eux.

Je range mon bureau au cordeau et passe un temps fou à m'inventer des choses indispensables à faire avant de commencer un couplet. Sur mon ordinateur, j'organise des sessions d'enregistrement prêtes à l'emploi, peaufinant le son de pistes encore inexistantes. J'installe tout un tas d'instruments virtuels que je paramètre des heures et qui ne me serviront pas. Le pompon reste mon studio d'enregistrement en Bretagne, de la taille d'une petite maison, et dont je m'étais persuadé de l'impérieuse nécessité. Il ne m'a véritablement servi que dix jours.

Je repense à la voix de maman : « Renan, va faire ton piano ! » Qui aujourd'hui pour me dire : « Renan, va faire tes chansons ! » ?

Il m'arrive de sourire en repensant à ce petit garçon de la maternelle : « Moi, je veux être auteur-compositeur-interprète ! » Je suis conscient du cadeau que je lui ai fait. Je revois aussi l'innocence folle avec laquelle je suis entré dans ce métier. J'ai le sentiment d'être passé directement de la Fête de la musique devant *Piano Valat* à l'Olympia. Entre les deux, à peine quelques concerts, seul avec ma guitare dans des bistros. Mon frère mis à part, c'est à l'enregistrement de mon premier album que je chante pour la première fois accompagné de musiciens. Lorsque je commence à jouer dans des salles immenses, beaucoup plus grandes que celle que je me sens capable d'habiter, je me réveille toutes les nuits, complètement trempé de sueur. « J'ai fait ma flaque », ai-je pris l'habitude de dire.

Je n'explique pas pourquoi, alors que ce premier succès aurait dû m'apporter confiance en moi, c'est l'inverse qui semble se produire. Ignorant les nombreux témoignages affectueux dont je suis l'objet, je suis davantage marqué par quelques étrangetés ou indélicatesses qui me font me sentir le phénomène d'une foire dont je ne maîtrise pas les codes. « C'est où, Renan Luce ? », entends-je un jour, alors qu'un attroupement s'est formé autour de moi. Une autre fois, une jeune fille qui me suit depuis plusieurs minutes finit par me dire : « Je ne sais pas pourquoi je te suis comme ça. En vrai, je n'aime pas ce que tu fais. »

Je suis toujours étonné de constater que pour certains, il semble être de la plus haute importance d'exprimer sa désapprobation à l'auteur des chansons qu'on n'apprécie guère. Cela m'arrive souvent. Peut-être, et c'est le propre des chansons, parce qu'elles arrivent à nos oreilles sans qu'on l'ait demandé. Il est vrai que si on me fourrait un repas dans la bouche, je me permettrais peut-être d'aller voir le cuistot si le plat n'était pas à mon goût.

La flamboyance de mon début de parcours, les Victoires de la musique, les salles pleines, les disques d'or ou de diamant, mêlés aux profondes incertitudes qui commencent alors à m'étreindre, rendent ardue la lecture de mes propres sentiments. Dans le doute, je préfère afficher en toutes circonstances une affabilité et une bonhomie à toute épreuve. Maman semble être la moins dupe. Alors que mon père papillonne dans les loges du Zénith de Paris, c'est elle qui vient me voir : « Tu as l'air fatigué, mon fils. Tu n'es pas obligé de rester parler comme ça à tout le monde. Va te reposer. » En bonne maman inquiète, je la sens préoccupée par mon statut de chanteur à succès. « Quelle vie de patachon ! » réagit-elle au quotidien que je lui décris.

Papa semble vivre cela avec davantage de légèreté, atteint qu'il est par un léger syndrome « Il est sympa, Michel Drucker ? » Néanmoins, c'est lui que j'appelle lorsque je me sens mal, pétri de doutes et accablé de fatigue avant de jouer sur la grande scène d'un festival. « Ça va aller. Fais les choses simplement. N'oublie pas que tu as de belles chansons. Dis bien à l'ingénieur du son de ne pas mettre trop fort la musique, il faut qu'on entende tes paroles. Il y aura qui d'autre sur ce festival ? Il est sympa ? »

Je m'éloigne un peu de ma famille. Je rechigne à donner des nouvelles et m'en fais la remarque lorsque j'appelle mon père, principalement pour obtenir une ordonnance de cortisone. Je me sens ingrat vis-à-vis de lui. Il est fier de ce que je vis et, quoi de plus normal, aimerait être par procuration éclaboussé de quelques paillettes. Je me découvre radin, partageant au compte-goutte mes belles expériences.

Je le suis également auprès de Damien. Je ne sais pas s'il aimerait être un peu plus auprès de moi, mais force est de constater que je l'y invite peu. Je lui propose néanmoins d'enregistrer le son de ses claquettes pour rythmer une chanson de mon premier album. Je l'invite à m'accompagner au piano sur une autre, à l'Olympia. Pour mon deuxième disque, je lui demande de réfléchir à un arrangement de cordes. Le résultat est très beau mais, je ne sais pas pourquoi, je ne l'impose pas auprès de ma maison de disques qui m'a entre-temps proposé un autre arrangeur, anglais. Le travail de ce dernier, comparé à celui de Damien, est soigné mais manque de charme et de profondeur. Je regrette de n'avoir pas fait davantage confiance à mon frère et à ma première impression.

Avec le temps, je reste figé dans un modèle d'un autre temps, *album-promo-tournée*, un peu flemmard dans lequel la mécanique prend le pas sur la spontanéité. Peu de mes anciennes chansons trouvent encore grâce à mes yeux. Il n'y a que sur scène que le lâcher-prise est aisé, porté par mon équipe de tournée et un public toujours chaleureux.

Je me plais parfois à imaginer faire un autre métier. « Un métier normal », me dis-je. Il me semble qu'ainsi, distrait de moi-même, je pourrais alors être plus heureux. Mais je m'en sais incapable et ce constat me redonne confiance.

Je m'impose alors un rythme de vie monacal, à mon bureau, à la chasse aux chansons. Je me figure qu'il y a quelque part une gigantesque étagère où toutes les chansons qui seront un jour écrites existent déjà. Il suffit d'aller les chercher. Elles sont, quoi qu'il en soit, bien cachées. Je pense souvent à ces mots de Modiano, dans son discours de remerciements lors de la remise de son prix Nobel : « Écrire, c'est plonger dans un bain d'eau froide. » En bon Breton, habitué aux « Tu vas voir, elle est bonne une fois qu'on y est », je suis sensible à cette métaphore.

Je suis sonné par ma séparation. La sachant nécessaire et peut-être salvatrice, je la vis néanmoins avec beaucoup de tristesse et la sensation que tout s'arrête autour de moi. Passé la courte impression de liberté retrouvée, je m'accable de n'avoir pas su garder vibrant un amour précieux. Agrippé à cette douleur, j'écris tout un album qui me fait beaucoup de bien. Sa sortie est chaotique et son écho discret, mais sur scène mon bonheur est grand, exhumant soir après soir des sentiments auxquels, malgré leur noirceur, il me plaît de faire honneur et de clore ainsi avec cœur une si belle histoire.

Et puis le vide revient. Les doutes, l'inquiétude. À quand la sérénité ? Je vois à quel point la création est devenue un poids. Mon quotidien s'en trouve chargé d'une perpétuelle négativité dont je n'arrive plus à me débarrasser. Je cultive une sombre solitude qui m'éloigne de mes amis et de ma famille. Cette famille dont je me soucie beaucoup et qui aura besoin de moi.

Pour la toute première fois, Damien et moi accueillons Claire à Paris, sans nos parents. Je lui ai proposé de venir seule passer une semaine avec nous, après l'épisode de la Témoin de Jéhovah. J'imaginais ce séjour comme une compensation au vide que la fin de cette étrange amitié aurait pu créer dans le cœur de ma sœur. Nous avons peut-être à devenir amis. Aussi, nos récentes discussions sur son avenir ont ouvert une porte en moi. Il me semble qu'il y a une nouvelle habitude à créer, où Claire vivrait des expériences sans nos parents et où nous commencerions à prendre soin d'elle. Cette idée ne m'est pas naturelle parce qu'elle s'appuie sur une nécessité encore abstraite et déjà douloureuse. Il me faut un cruel effort pour penser au jour gris où, à l'immense peine d'avoir vu partir nos parents, s'ajouterait l'inquiétude d'un quotidien nouveau auquel nous ne serions pas préparés.

Plusieurs semaines à l'avance, je concocte un programme comme on le fait quand on accueille un correspondant étranger. J'aimerais que tout se passe bien, que son séjour soit gai. J'apprends que le PSG jouera un match de Ligue des champions et, sachant Claire passionnée de football, je casse ma tirelire pour nous prendre des tickets revendus hors de prix sur Internet.

Damien va la chercher à l'aéroport. Claire ira chez lui les deux premiers jours avant qu'il ne reprenne son travail au conservatoire. Ces deux jours passés, nous nous donnons rendez-vous sur le quai d'un métro, à mi-chemin de nos deux appartements. L'image d'une garde partagée me vient au moment où je repars avec ma sœur dans l'autre sens.

Claire ne parle pas beaucoup. Son visage est un peu fermé. Je l'aurais imaginée plus enthousiaste, seule en vadrouille avec ses deux frères. J'adopte une attitude enjouée, peut-être un peu forcée. Je chantonne, je commente tout ce que nous faisons avec décontraction, je fais des blagues, je passe mon bras autour de son épaule. J'ai fait les courses en pensant à elle, connaissant ses goûts restés bloqués dans l'enfance. En gros, des pâtes et du gruyère, du steak haché, des pommes que je lui couperai en quartiers, au dessert et au petit déjeuner.

Je la sais très attachée à son quotidien et essaie de ne pas trop le chambouler. Quand elle me regarde avec insistance, silencieuse, un léger sourire inquiet au coin des lèvres, je devance sa question : oui bien sûr, ce soir nous pourrons regarder l'un de ces feuilletons qu'elle affectionne.

Malgré mes efforts pour l'accueillir avec chaleur, Claire ne se sent pas bien. Elle m'avoue avoir mal au ventre. « Ça va passer », lui dis-je, comme l'aurait dit papa. Mais cela ne passe pas. Au moment où je lui propose de s'allonger, elle éclate en sanglots. Étendue sur le canapé de mon bureau, ses pleurs redoublent et, assis auprès d'elle, je lui caresse le front. « J'aimerais voir papa et maman. J'aimerais voir Damien. » Je suis vexé que ma présence ne suffise pas à l'apaiser. Je lui suggère que nous appelions notre père et l'entendre semble lui faire du bien. Je comprends alors que la douleur de ma sœur est une douleur d'enfant. Je lui apporte un verre d'eau, elle fait une courte sieste pendant laquelle j'essaie de lire ce que cette scène a fait naître en moi. Je repense à cette nuit, peu après ma séparation, où ma fille avait eu un gros chagrin, dans notre tout nouvel appartement. Elle voulait sa maman et cette tristesse, à laquelle je ne pouvais rien, m'avait transpercé le cœur. Je ressens aujourd'hui cette même impuissance.

Le chagrin a passé. J'ai préparé le repas que nous mangeons devant le feuilleton, comme Claire a l'habitude de le faire à Perpignan. Ce retour à la normalité lui fait du bien et elle rit quand je tourne en dérision les dialogues ampoulés de cette mauvaise série policière.

Le lendemain, alors que ma fille nous a rejoints, nous jouons tous les trois aux *Mystères de Pékin*, jeu que nous adorions déjà enfants. Claire s'emmêle un peu les pinceaux quand, grâce à l'indice donné par Tchang-Pabong, il faut éliminer les suspects qui portent une moustache. Nous l'aidons un peu, discrètement. J'ai toujours remarqué une distance entre ma fille et ma sœur et les voir s'apprivoiser m'attendrit. Dans l'esprit de Claire, être tante semble l'obliger à une sévérité permanente, elle réprimande sa nièce de manière exagérée à chaque petite incartade ou caprice d'enfant. J'ai plusieurs fois essayé de lui en parler mais ce réflexe lui est resté. Ma fille en a gardé une méfiance que je regrette. Aussi, elle paraît intimidée par la différence de sa tante et je constate que je n'ai pas su tout à fait l'y habituer.

Nous sommes invités à dîner chez Damien. Il n'a pas eu la même prévoyance que moi et a préparé le repas sans tenir compte des goûts de Claire. À la vue de son assiette, elle est prise de haut-le-cœur dont nous avons l'habitude. Pour elle, toute nourriture un peu élaborée est un ennemi qu'elle regarde avec appréhension et que son estomac rejette par précaution avant même d'y avoir goûté. Alors que je lui répète calmement pour la millième fois qu'elle n'a pas besoin de se forcer, Damien s'emporte : « Oh ça va, Claire, c'est juste une tarte, tu nous fatigues avec ça ! » Notre sœur crie à son tour et pleure. Je jette un regard noir à Damien et essaie d'étouffer l'incendie : « Prends ton temps, Claire, fais comme tu peux. » Ma fille me regarde, interloquée. « Sympa, l'ambiance », semble-t-elle penser. Je me sens fatigué.

C'est le jour du match. Il fait froid dehors. Je pensais que Claire trépignerait à l'idée de se rendre au Parc des Princes mais je sens chez elle une appréhension ou une flemme de sortir. Peut-être y a-t-il ce soir à la télévision un autre feuilleton qu'elle aurait aimé ne pas rater ? Je préfère ne pas lui poser la question et essaye de lui communiquer mon entrain.

En nous préparant à sortir, je me découvre de nouveaux réflexes attentifs. Je choisis ses vêtements, la recouvre de multiples épaisseurs, deux pulls, un collant sous son pantalon, deux paires de chaussettes. Je la sais frileuse. Elle a trop chaud dans le métro. Je lui ôte son manteau et l'aide à l'enfiler en sortant.

J'ai convié mon bon ami Benoît à se joindre à nous. Je connais sa bienveillance et sa capacité à apporter légèreté et humour en toutes circonstances. Sur le chemin qui sépare le métro du stade, je tiens Claire par le bras. C'est idiot, mais j'apprécie avoir ce geste d'attention envers ma sœur, devant mon ami.

Claire met du temps à se détendre. Nos places sont excellentes et petit à petit elle s'abandonne au spectacle. Benoît se marre quand ma sœur, à chaque prise de ballon, se met à crier

« Allez, quoi ! », de plus en plus fort. C'est tout juste si elle ne se met pas à insulter les joueurs. Elle rit, elle tape des pieds. C'est une belle soirée et Benoît nous prend en photo, bras dessus, bras dessous.

Sur le chemin du retour, la foule est encore plus impressionnante qu'à l'aller. Sous une pluie battante, Claire s'agrippe à moi et j'aime ce moment, où nous sommes à la fois complices et perdus au milieu des gens. Je lui dis « C'est chouette d'être avec toi, Claire. Il faudrait qu'on fasse ça plus souvent. Tu pourrais revenir pour le match retour et on ira le voir dans un bar avec Damien, cette fois-ci ? »

La foule s'arrête et repart. Nous piétinons, soumis au mouvement des gens. Je suis concentré sur la présence de ma sœur à mes côtés. Je connais cette inquiétude, elle m'est soufflée par de lourds souvenirs. Nous avons plusieurs fois perdu Claire.

Enfant, elle se volatilise parfois et je vis cela au travers de l'angoisse de maman qui me contamine instantanément. Dans un camping, alors que nous installons la tente, il faut toute la présence d'esprit de ma mère pour éviter le pire.

Au moment où elle se rend compte de la disparition de ma sœur, elle court jusqu'à la piscine où elle la retrouve, se débattant dans le grand bain, à côté des baigneurs qui ne se rendaient compte de rien. Je vois ma sœur, exténuée, pâle comme la lune, allongée au bord du bassin, le ventre gonflé. Elle crache de l'eau.

Lors d'un séjour à la montagne, Claire suit le mauvais groupe d'enfants. Alors que je suis de retour de mon cours de ski, maman passe devant moi, en larmes, accompagnée du personnel de notre hôtel. Elle me laisse tout à mon enfance, impuissant et plein des questions qui se heurtent à mon insouciance. Claire est retrouvée dans un hôtel voisin, la nuit déjà bien avancée.

De ces événements, nous gardons – maman et papa, surtout – une sourde appréhension. Avoir le sentiment d'être ainsi couvée doit être lourd pour Claire lorsque, devenue jeune adulte, elle voit ses frères vivre leur vie en toute indépendance. Elle adopte alors des attitudes de grande personne, se met à fumer ou s'attable à la terrasse d'un café et commande un whisky. C'est au cours de cette période que ma sœur et ma mère viennent me rendre visite à Toulouse où je fais mes études.

Maman se rend chez le coiffeur, accompagnée de Claire, à quelques centaines de mètres de mon appartement. Ma sœur s'ennuie et demande à rentrer chez moi. Ma mère lui en remémore le chemin : traverser le canal de Brienne, prendre à droite puis à gauche. Commence alors une longue nuit, aux souvenirs confus.

Claire n'est pas arrivée chez moi. Nous refaisons le chemin qu'elle aurait dû emprunter, nous l'appelons. J'arpente les rues adjacentes, sait-on jamais. J'arrête les passants et n'y vais pas par quatre chemins : « Avez-vous vu passer une jeune fille handicapée ? » De retour à l'appartement, notre angoisse est terrible. Maman répète sans arrêt « Mais qu'est-ce que j'ai fait ? » La nuit tombe peu à peu et cette menace est insupportable parce qu'on la croit capable d'engloutir Claire. Nous nous rendons au commissariat. Mon amoureuse d'alors et mes deux meilleures amies restent à l'appartement, des fois que.

L'agent compatit mais ne peut rien faire pour l'instant, Claire est majeure. Il note tout de même une description de ma sœur, il la transmettra aux unités en patrouille. Je ramène maman chez moi, elle semble épuisée, prend sa tête entre ses mains, pleure. « Mais qu'est-ce que j'ai fait », à nouveau. Mes amies prennent soin d'elle, je ressors.

Je roule au hasard. Je tourne d'abord dans le quartier puis m'éloigne de plus en plus. Je n'ai plus aucune pensée logique. Je scrute l'intérieur des voitures que je croise, ralentis devant les entrepôts, les ponts. Les endroits louches m'attirent. Les berges de la Garonne me terrorisent. Claire, seule au milieu de tout cela. Je ne sais pas combien de temps je conduis. Je suis arrêté par la police, j'étais sur une voie de bus. Mon affolement est tel qu'ils me laissent repartir tout de suite après que j'ai résumé la situation à toute vitesse, en criant.

Le retour chez moi est atroce. Maman semble au bord de la crise de nerfs. Moi aussi. Il doit être trois ou quatre heures du matin. Le temps est devenu une masse palpable, visqueuse. Il n'y a plus de mots, seulement des mains apposées sur nous, celles de mes amies. Je ne sais pas si je dors.

Au petit matin, mon téléphone sonne. « Allô, c'est Claire. » Je bondis : « Claire ? Mais où es-tu ? »

Les souvenirs de ce qui suit sont encore plus nébuleux que ceux de la nuit qui venait de s'écouler. Claire me donne une adresse, soufflée par quelqu'un à côté d'elle. Je ne sais pas si maman et moi sautons de joie. Je crois que je ne pense à rien d'autre qu'à retrouver ma sœur.

Claire est là. Un homme aussi. Je cours vers ma sœur, la prend dans mes bras. « Mais Claire, on s'est inquiétés, tu sais ! » Elle n'affiche pas particulièrement d'émotion. J'ignore si nous parlons à l'homme. Peut-être nous donne-t-il de vagues explications : « Elle était perdue, je l'ai hébergée pour la nuit. »

J'ai peur de lui avoir dit merci.

Quelque chose s'est figé en moi, commc si je ne voulais pas savoir. Je n'ai pas eu la présence d'esprit de demander à ma sœur pourquoi elle n'avait appelé qu'au petit matin, alors qu'elle aurait pu le faire avant. Pas eu non plus l'idée de me planter devant l'homme pour exiger des précisions. Pourquoi n'a-t-il pas au moins prévenu la police ? Mon instinct aurait dû me dicter de lui casser la gueule. Mais nous rentrons très vite à mon appartement et cette histoire s'est tue en moi.

Le temps passe et je me tiens éloigné de ces questions comme d'un feu menaçant. Mes parents ne m'en parlent jamais. Bien plus tard, j'apprends par bribes ce que je savais déjà. Le mot *viol* n'est pas prononcé. Papa et maman ont eux-mêmes eu du mal à savoir ce qu'il s'est exactement passé, Claire partage si peu ses émotions. J'apprends que Monique, une cousine de maman, joviale et bienveillante, a réussi à la faire parler un peu. Tout ce que j'apprends est qu'« il lui a fait boire de l'alcool ».

Quelque temps après, Claire subit une opération des paupières. Maman est à son chevet. Les yeux de ma sœur sont bandés. Alors, dans cette obscurité forcée elle parle enfin un peu à maman. Je ne sais pas ce qu'elles se sont dit, je n'ai pas osé demander.

Papa lui non plus ne me raconte pas grand-chose. Il me confie simplement que l'idée même de ce qui a pu se passer cette nuit-là est une immense souffrance pour lui et pour maman. Des années après, il me raconte qu'à l'époque, il fut convoqué au commissariat de Perpignan pour discuter des suites à donner à tout cela. On lui explique que l'homme n'a pas d'antécédents. Veut-il maintenir la plainte ? Papa imagine la suite, le procès aux assises, les détails demandés à Claire, la lourde épreuve pour elle, pour maman. C'est insupportable. On s'arrête là.

Ce n'est pas un secret, ce n'est pas un livre ouvert. C'est une blessure pour nous tous, contenue dans le silence de ma sœur. J'ai mal de penser que ce silence est un cri étouffé. Je m'accroche à l'idée que cette nuit fut la nuit d'une aventure, qu'à son âge elle était en droit de vivre. Je me déteste à l'idée de me tromper.

Je sais que je ne sais pas tout. La vérité est dans un lotissement, à Perpignan. Elle est dans maman qui coud un vêtement pour sa petite fille, dans mon père qui rentre des courses, dans ma sœur qui écoute *Je t'aime* de Lara Fabian. Elle m'envoie la chanson, par texto. Claire, Tati et ta sœur qui vous aime tendrement.

Je ne sais pas tout de leur lien, scellé le 6 mai 1977.

Parfois, quand deux personnes racontent la même histoire ancienne, les versions divergent, de petits détails s'opposent, la voiture rouge devient bleue, le temps ensoleillé vire à la bruine. Pas ici. Lorsque Damien, pour son prochain ouvrage, demande à nos parents d'écrire, chacun de leur côté, un texte racontant la naissance de Claire, les lignes qui nous parviennent s'imbriquent parfaitement et nous transpercent. Tout comme mon frère, je fonds en larmes à leur lecture car je suis alors avec eux et donne, moi aussi, naissance à ma sœur.

Puisque maman est sous anesthésie générale, c'est papa qui accueille Claire, dans la nuit. Nous sommes à l'hôpital Rothschild à Paris, papa est en terrain connu, il est interne juste à côté. Une sage-femme lui murmure : « Regardez ses mains, elles sont palmées. Et ses pieds, elle a six orteils. Il faudra le dire à votre femme. » Son premier enfant est assoupi dans un petit lit transparent. Est-il papa ou médecin à cet instant ? A-t-il eu le droit de s'abandonner au bonheur d'être père ou même à l'anxiété ? *Il faudra le dire à votre femme…*

Maman s'est réveillée, mon père est là, Claire dans les bras. Il la dépose contre elle et très rapidement trouve le courage de lui montrer les petites mains. Puis les pieds. Il n'a pas l'impression de se forcer en disant : « Ne t'inquiète pas, cela se répare très bien. »

Tout de même, il attend fébrilement la visite du pédiatre censé examiner les nouveau-nés. Lorsque papa se trouve face à lui, ce n'est pas au père mais au confrère que le médecin s'adresse, sans ménagement : « Elle n'est pas normale », retient papa, « il faut prendre rendez-vous avec un généticien. » Cette annonce lui fait l'effet d'un coup de marteau, il fait ce qu'il peut pour masquer son immense douleur. Il ne peut cependant la cacher à maman lorsqu'il lui fait part de ce premier diagnostic. La femme qui partage la chambre avec ma mère s'éloigne.

C'est en ambulance que mon père et Claire, emmitouflée dans une couverture, sont conduits vers l'institut de génétique dirigé par le professeur Lejeune. Les attentes de mon père sont grandes face à cette sommité de la médecine, puisqu'il le sait codécouvreur de la trisomie 21. Encore une fois, après quelques examens, c'est avec un froid professionnalisme que Lejeune lui parle : « Forte probabilité de décès rapide. Regardez, elle fait des pauses respiratoires ! » Et puis : « Déficit mental profond, dans le meilleur des cas. »

Papa est sonné. Toujours ces coups de marteau. Quand cela va-t-il s'arrêter ?

Et puis, au travers d'un brouillard, mon père entend l'éminent professeur lui demander si maman prenait la pilule. « Ah, c'est pour ça », lui assène-t-il lorsque papa acquiesce. Dès lors, mon père n'écoute plus.

Ce que papa ignore, c'est qu'il a face à lui un proche des mouvances catholiques intégristes, fervent opposant à l'avortement, à la tête de « Laissez-les vivre », association qui se mobilise contre la dépénalisation de l'IVG. Il ne sait pas non plus que, bien des années plus tard, Lejeune sera déclaré usurpateur pour son rôle dans la découverte de la trisomie 21. Marthe Gautier en est la véritable découvreuse.

Papa se retrouve seul, hagard, lorsqu'on ramène Claire à l'hôpital Rothschild, auprès de sa maman. Il rentre en taxi vers leur appartement et s'y enferme. Il n'en bougera plus pendant vingt-quatre heures, épuisé et écrasé par l'idée du décès probable de sa fille.

C'est par maman que la vie revient. Seule, sans famille ni amis avec qui partager le flot des questions qui la traversent, elle se sent glisser dans un gouffre. Mais là, juste à côté d'elle, sa fille dort, paisible. Alors, par des gestes calmes et infiniment précautionneux, elle la prend dans ses bras et la démaillote avec douceur. Elle regarde ce petit être, intensément, sous toutes les coutures, comme pour apprivoiser les facéties de la nature et voir en elle profondément. Elle est envahie d'un amour immense. Elle sait que sa fille vivra et qu'elles auront droit au bonheur.

Quarante ans plus tard, maman écrira :

Je lui fais ma première déclaration d'amour : « Tu n'as pas aujourd'hui toutes les chances nécessaires pour réussir, je fais la promesse de te les donner, jour après jour : ce sera notre combat ! Et pour commencer, pourquoi ne pas envisager un autre bébé ? Ou deux ? Nous aurons plus de force tous ensemble !

Claire et moi sommes silencieux dans le taxi qui nous emmène à l'aéroport. Le séjour de ma sœur prend fin. Je porte un poids sur lequel il m'est difficile de mettre des mots. Nous sommes-nous rapprochés ? Je ne suis pas sûr que Claire ait hâte de revenir. Je le vérifierai les mois suivants lorsque j'évoquerai l'idée d'un nouveau séjour à Paris. Il me semblera qu'elle élude la question.

Nous sommes arrivés en avance. Je lui propose de prendre un jus, en face de l'accès à l'embarquement, où tout à l'heure il me faudra la laisser aller seule. Je lui rappelle à nouveau ce qu'il conviendra de faire quand elle sera de l'autre côté. Après avoir passé la sécurité, il faudra qu'elle m'appelle. À l'autre bout du fil, je l'aiderai à bien vérifier le numéro de la porte d'embarquement. Elle ira s'asseoir juste à côté en attendant l'appel pour son vol.

Une femme assise à la table d'à côté m'a entendu. Elle s'approche et me dit : « Je peux l'aider si vous voulez, je vais embarquer moi aussi. » Je suis touché par la bienveillance que je lis en elle. J'accepte et la remercie, rassuré de savoir Claire accompagnée.

Il est l'heure d'embarquer. Je jette un regard à la femme d'à côté. Elle comprend et se lève, je lui adresse un sourire. J'embrasse ma sœur en lui disant quelques mots simples, ceux que l'on dit habituellement. Je la regarde passer le premier portique. Elle ne se retourne pas.

Je pense à tata Mimi, ma bonne marraine qui n'est plus de ce monde. Elle fut l'une des rares personnes de la famille à apporter un soutien affectif à mes parents à la naissance de Claire. Lorsque papa et maman la lui présentèrent, elle l'observa longuement, avec douceur. Puis elle dit « Eh bien, moi, je la vois bien, Claire. Oui, je la vois bien. »

Qu'il me soit donné de porter ce même regard sur ma famille. Celui qu'ont les gens simples quand ils aiment fort.

Qu'il me soit permis de les regarder comme le fit maman dans une chambre de l'hôpital Rothschild, quand elle démaillota Claire pour mieux la connaître.

Qu'il me soit offert d'être moi aussi démailloté.

Cet ouvrage a été mis en pages par

<pixellence>

Imprimé en France par CPI
en septembre 2022

Dépôt légal : octobre 2022
N° d'édition : 547964-0
N° d'impression : 171562